KB042260

Return
of the Meister

Return
of the Meister 4

초판 1쇄 인쇄일 2015년 1월 27일 ∣ **초판 1쇄 발행일** 2015년 1월 29일

지은이 서 야 ∣ **펴낸이** 곽중열 ∣ **담당편집 팀장** 이범수
편집부 신연제 이윤아 김호성 김은경

펴낸곳 (주)조은세상 ∣ **출판등록** 제 2002-23호
주소 경기도 연천군 미산면 청정로 1355
TEL 편집부 02)587-2966 ∣ FAX 02)587-2922
e-mail bukdu@comics21c.co.kr

귀환 마이스터

4

서야 현대 판타지 장편소설

NEO MODERN FANTASY STORY

Return of the Meister

(주)조은세상

CONTENTS

Return
of the Meister

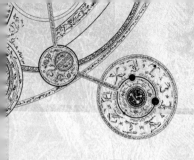

Return of the Meister

NEO MODERN FANTASY STORY

1. 끝나지 않은 이야기

1. 끝나지 않은 이야기

Return of the Meister

진혁이 막 푸에르토리코에서 아버지 최한필 교수를 구출하고 김포공항에 도착했을 때였다.

김포공항에는 진혁과 박정원 일행을 기다리고 있던 자들이 있었다.

바로 안기부에서 보낸 요원들이었다.

진혁은 그렇게 푸에르토리코에서 귀국을 한 이후 안기부와 정부의 조사를 받아야 했다.

박정원 역시 예외는 아니었다.

그의 휘하 부하요원들도 마찬가지었다.

다행히 생방송으로 진행된 푸에르토리코 방송국 덕분에 아버지 최한필 교수의 신변은 무사할 수가 있었다.

하지만 박정원은 안기부에서 설 자리를 잃었다.

아니 그로서는 해고정도로 일이 마무리된 것만으로도 다행이었다.

안기부장의 명령이 없이 벌인 단독수사였기 때문이었다. 물론 대외적으로는 한국정부가 푸에르토리코에 납치되어 있던 최한필 교수를 구출한 것으로 알려졌다.

결국 실익은 안기부가 취하고 징계는 정작 이들이 당한 셈이었다.

그래도 그 덕분에 박정원 휘하에 있던, 작전에 참여했던 부하요원들은 자리를 보전할 수가 있었다.

한편 안기부는 안기부대로 박정원을 내칠 수밖에 없었다.

미국 CIA국장인 어밍스턴의 강력한 항의가 들어왔기 때문이었다.

미국령에서 미국CIA와 상의도 안한 작전을 한국정부가 단독으로 수행한 꼴이 되었기 때문이었다.

대외적으로 전 세계가 주목을 한 이번 작전은 성공적으로 평가를 받고 있었다.

하지만 각국 첩보기관에서는 CIA의 명성이 한순간에 떨어졌다고 평가하고 있었다.

사전에 한국 정부의 구출작전을 전혀 CIA에서 감지 못한 것도 물론이거니와 최한필 교수가 푸에르토리코에 오랫동안 납치되어 있었음에도 불구하고 그간 파악하지 못했기 때문이었다.

물론 이 모든 것은 대외적으로 볼 때의 평가였다.

진혁으로서는 처음으로 정치놀음과 명분놀음을 구경한 셈이었다.

이것만으로도 진혁과 박정원이 선방한 것은 분명했다.

대외적으로 한국의 명분도 세워준 셈이었으니 말이었다.

박정원은 안기부에서 챙겨주는 특별퇴직금까지 챙길 수 있다는 통보를 받았다.

안기부 입장에서는 대외적으로 나라의 명분을 살려준 박정원을 미국CIA의 눈에 벗어났다고 해서 내쫓는 것이 영 마땅치 않았기 때문이었다.

어쨌거나 명령없이 작전을 수행한 것만으로도 그를 내쫓기에는 충분히 명분이 있는 셈이었다.

이런 정황만 봐도 안기부 내부에서도 박정원에 대한 평가가 각각 갈리고 있었다.

오히려 그를 옹호하는 자들이 더 많았다.

따지고 보면 최한필 교수의 구출작전은 오래전부터 계획된 일이었다.

다만 그 위치를 파악하지 못했기 때문에 지리멸렬한 상태였을 뿐이었다.

이런 상황에서 안기부장에게 보고를 하지 않고 단독으로 구출작전을 감행했지만 그 또한 안기부장을 보호해주는 명목도 있었다.

그런 작전의 경우 안기부장이 사전에 승낙을 한다고 해도 대외적으로 부인하는 경우가 더 많기 때문이었다.

안기부 내에서 대부분은 박정원이 정치적 희생양이라고 입을 모아 얘기를 하고 있었다.

진혁은 그렇게 안기부에 연행된 이틀 만에 박정원과 만날 수가 있었다.

"괜찮겠습니까?"

진혁이 박정원에게 미안한 표정을 지어보였다.

"어차피 쫓겨날 상황이었네."

박정원이 진혁에게 무덤덤하게 말했다.

그의 입장에서는 정권이 바뀌고 오래 섬기던 안기부장이 바뀐 이상 그 자신의 자리도 오래못갈 것을 알았기 때문이었다.

그가 그동안 보직에 있을 수있었던 것도 진혁이 알려준 베트남 항공 납치사건에 공을 세웠기 때문이 아닌가.

그러니 진혁에게 은혜를 갚는다 치고 작전을 감행한 셈이었다.

박정원의 입장에서는 오히려 홀가분해졌다.

"이제 제가 스카웃을 해야겠습니다."

진혁이 박정원을 보면서 싱긋 웃었다.

"난 비싼 몸인데? 하하하하."

박정원이 그렇게 말하면서 웃어보였다.

"그에 합당한 대가는 지불하죠."

진혁이 별 거 아니란 식으로 대답했다.

두 사람의 눈이 마주쳤다.

둘 다 고개를 끄덕였다.

박정원도 내심 그동안 진혁에 대해서 보고를 들으면서 그가 하는 사업에 흥미가 있었기 때문이었다.

그의 오랜 감이 진혁을 믿으라고 하고 있었다.

진혁이 펼치는 사업은 단순히 국내에 머물지 않고 세계를 향할 것이라고 알리고 있었다.

게다가 분명 그 사업들은 흥미로운 모험이 가득할 거란 것에 박정원은 자기 목숨도 걸라면 걸 수 있었다.

진혁에게는 그 무언가가 있다.

그것을 박정원에게 비밀로 하고 있었지만 그는 느낄 수가 있었다.

그것이 자신을 상상 이상의 세계, 모험의 세계로 데려다 줄 거라고 말이었다.

진혁이 운영하는 중앙투자개발회사의 분야에는 광산, 유전탐사 등등이 속해있는 개발부분이 박정원의 흥미를 자아내고 있었다.

그의 예감이 맞다면 분명 진혁이 자신을 신뢰하고 난 이후에 그 무언가를 보여줄 것이라고 확신했다.

진혁도 박정원의 눈가에 피는 기이한 열정을 읽어냈다. 자신을 향한 열정이었다.

'눈치 채고 있군.'

진혁도 바보가 아니다.

그런 면에서 박정원도 속이기 어렵다는 것을 알고 있었다. 그간 진혁이 벌였던 사건들 중에서 일부는 박정원이 묵인하에 넘어간 것들이 많았다.

그 이상 깊이 꼬치꼬치 캐묻지 않고 박정원은 넘겨주었다.

그것만으로도 진혁은 고맙기 짝이 없었다.

언젠가는 자신이 마법사라는 것을 그 누군가에게 알리게 된다면 바로 그 사람은 박정원이 될 것이라고 생각했다.

"참, 자네에게 세무조사와 감사팀이 붙은 거 알지?"

박정원이 진혁에게 말했다.

진혁은 고개를 끄덕였다.

"알고 있습니다. 제 나이 상 아무래도 정부 입장에서는 간과할 수 없겠죠."

"그렇지, 더구나 이번 작전에는 자네가 포함되어있었으니 말이야."

박정원이 말했다.

대외적으로 진혁의 이름은 드러나지 않았지만 그래도 그가 푸에르토리코의 호텔 로비에 있었던 것은 전 세계에 보도된 셈이었다.

"너무 걱정하지 말게. 운석 판매 건은 이미 안기부에서 알고 있던 일이고 그 자금 출처도 말이야."

박정원이 진혁에게 미소를 지어 보였다.

"제 목숨 값으로 위기를 넘기는 셈입니까?"

진혁이 웃으면서 질문했다.

"그런 셈이지. 게다가 비공개지만 베트남항공 납치 사건에서 자네 신고가 없었더라면 큰일이 날 뻔했지. 이런저런 정황을 세무팀과 감사팀에서 감안할 거라네. 그간 쌓인 비공개 자료가 안기부에서 그들에게 넘어갔다네."

박정원이 진혁에게 안심하라고 표정을 지으면서 말해주었다.

진혁으로서는 여간 다행인 게 아니었다.

그것이 박정원의 마지막 배려라는 것도 알고 있었다.

17살의 나이에 생각지도 못한 엄청난 부를 쥐게 되고 그간 벌였던 사업이나 투자가 고공행진을 하는 바람에 안그래도 염려스러웠던 일이었다.

그 일이 오히려 이번 기회에 잘 터져버렸다.

나중에 세무팀과 감사팀이 붙었다면 더 힘들어질 수도 있었다.

"내가 마지막으로 자네와 최한필 교수님을 집으로 모시겠네."

박정원이 말했다.

이것이 그의 마지막 임무인 셈이었다.

박정원은 그래서 행복했다.

안기부 요원으로 있으면서 자신이 목숨을 건 일을 매듭지을 수 있는 행운을 누리는 셈이었다.

"안기부에서 이틀 만에 저희 부자를 놔주다니 감사할 뿐입니다."

"카르카스인지 뭔지 하는 곳이 더 이상 존재하지 않는다고 판단한 거겠지."

박정원이 말했다.

진혁은 묵묵히 그 말을 듣고 있었다.

이 상황에서 자신의 생각은 중요하지 않았다.

"미친놈들이지. 지네 연구소를 폭파시키다니."

박정원이 중얼거렸다.

푸에르토리코 해변 절벽에 지어져 있던 카르카스의 연구소는 최한필 교수가 구출되자마자 바로 폭파되었다.

철저하게 꼬리를 자르고 도망간 셈이었다.

박정원은 그것으로 이 일이 끝나지 않았음은 알고 있었다. 물론 진혁도 마찬가지였다.

하지만 이들이 섣부르게 더 이상 나서지는 못할 것이라

는 것을 알고 있었다.

최한필 교수의 최근 2년의 기억이 모두 지어졌기 때문이었다.

의도적이었다.

진혁은 그것이 아버지 최한필 교수의 몸에 새겨졌던 마법진 때문이라는 것을 눈치 챘다.

진혁은 아버지 최한필 교수가 무사한 것만으로도 다행이라고 생각했다.

조성진이나 기타 카르카스의 조직원으로 추정되는 자들이 스스로 자결하거나 타살당한 점을 고려하면 말이었다.

어쨌거나 아버지 최한필 교수를 통해서 단서를 쫓는 일은 불가능해졌다.

"자네도 이제 그만 쉬어야지."

박정원이 미소를 띠었다.

진혁은 카르카스에 대해서는 섣부르게 나서지 않기로 했다.

일단은 자신의 힘을 더 길러야 한다고 다짐을 했다.

두 사람은 함께 최한필 교수를 데리러 갔다.

그렇게 진혁과 최한필 교수는 박정원의 차로 양재동에 있는 집으로 향했다.

"수고하셨습니다."

진혁은 박정원에게 가볍게 목례를 했다.

그리고는 아버지 최한필 교수를 부축했다.

최한필 교수는 어안이 벙벙한 상태였다.

근 2년의 모든 기억이 지워진 것 때문이었다.

그래서 그런지 다소 의기소침한 상태였다.

하지만 이내 자신을 마중 나온 아내 장혜자와 쌍둥이 진명과 소희를 보고 환한 미소를 지었다.

그뒤로 장인과 장모가 서있었다.

물론 이지혜도 자신의 어머니 배영신과 함께 마중 나와 있었다.

오늘은 최한필 교수가 돌아온 날.

특별한 날을 축하하기 위해서 그동안 한 번도 쉬지 않았던 식당 문을 닫았기 때문에 온가족뿐 아니라 배영신까지 함께 있을 수가 있었다.

물론 박미현도 이 자리에 빠질 수가 없었다.

사전에 집으로 진혁이 온다는 소식을 소희가 전해주었기 때문이었다.

그런 면에서 소희가 박미현을 꽤 잘 본 셈이었다.

지혜도 이제는 박미현을 언니처럼 잘 따르고 있었다. 박미현이 어머니가 없다는 말에 동정심이 일었기 때문인 것도 있었다.

"잘 왔네."

진혁의 외할아버지 장석철은 따뜻한 목소리로 최한필 교수를 맞이해주었다.

최한필 교수는 그것도 어리둥절 이었다.

장인어른 장석철이 어떤 사람이었던가.

장성으로서 항상 꼿꼿하고 고집불통에 완고한 타입이었다.

그리고 항상 사람을 대할 때는 명령투였다.

그러던 장인어른이 전혀 다른 사람이 되어있지 않는가.

'도대체 내가 없던 동안에 무슨 일이 있었던 거지?'

최한필 교수는 주변을 두리번거렸다.

큰아들 진혁만 해도 그렇다.

겨우 160cm넘기는 말라깽이인 녀석이 어느새 180cm가 훌쩍 넘어 장골이 되어 있었다.

17살이란 나이가 믿기지 않을 정도로 카리스마까지 풍기는 사내의 모습이었다.

"여보, 참 많은 일이 있었어요."

장혜자가 그런 최한필 교수의 팔짱을 끼면서 부드럽게 말했다.

"그런 것 같소."

최한필 교수는 아내의 말을 수긍하면서 중얼거렸다.

"저어."

진혁이었다.

진혁은 부모님 앞에서 죄송스런 표정을 짓고 서있었다.

"왜 그러니?"

장혜자가 그런 진혁을 바라보았다.

"급히 나가야 할 일이 있습니다."

진혁은 공손한 태도를 취했다.

"또 어딜 가게?"

장혜자의 눈이 휘둥그레졌다.

이제 막 푸에르토리코에 돌아와서 안기부에 이틀간 잡혀 있다가 집으로 돌아온 아들이었다.

그런 아들이 또 밖으로 나선다고 하니 어머니 장혜자의 입장에서는 여간 걱정이 되는 것이 아니었다.

"너무 걱정 마십시오. 하루 이틀정도면 됩니다. 그간 미루어놓았던 일들이 급해서입니다."

진혁이 대충 변명을 했다.

"조심히 다녀와라."

최한필 교수가 인자한 미소를 지으면서 말했다.

아들의 사정은 모르겠으나 자신을 구하기 위해서 푸에르토리코까지 구하러 와주었던 진혁이었다.

그런 아들 진혁에 대한 신뢰가 최한필 교수에게는 당연

히 있었다.

"휴우."

장혜자도 어쩔 수 없다는 표정을 지었다.

"고맙습니다. 두 분 좋은 시간 보내십시오."

진혁이 해맑게 웃으면서 서둘러 집을 나설 때였다.

"오빠, 또 어디 가는 거야?"

여동생 소희였다.

"일이 있어서."

진혁이 소희를 내려 보면서 말했다.

"칫. 오빠 얼굴 왜케 보기가 힘든 거야!"

"미안하다."

"이번만 용서해주지. 아버지를 데려왔으니깐."

소희가 약간 토라진 척 하면서 말했다.

"고맙다."

진혁이 미소를 지었다.

"잘 다녀와. 빨리 와야 해."

"그럴게."

"나 오빠에게 할 말도 있단 말이야."

"할 말?"

진혁이 소희의 말에 멈칫하고 쳐다보았다.

"별건 아니고. 갔다 오면 말해줄게."

소희가 명랑하게 대답했다.

"별일 없는 거지?"

"별일 없어. 그냥 오빠랑 얘기 좀 하고 싶어서."

소희가 웃어보였다.

진혁은 그런 소희의 모습이 왠지 마음에 걸렸다. 하지만 지금은 당장 경주로 향해야 했다.

"그래, 다녀와서 이야기할 시간 좀 만들어 보자."

진혁이 소희의 머리를 쓰다듬었다.

소희는 말없이 자신의 머리를 내어주었다.

"다녀오마."

진혁은 소희를 뒤로 하고 뒤를 나섰다.

"오빠, 잘 다녀 와."

소희는 밝은 목소리로 애써 말했다.

"미안해."

그런 소희 옆에 박미현이 다가왔다.

"언니 때문이지?"

소희가 박미현에게 말했다.

"으응."

"언니도 어쩔 수가 없잖아. 나도 그간 우리 엄마에게 내색을 못해서 그렇지 아빠가 걱정돼 미치는 줄 알았어. 언니 심정 이해해."

소희가 박미현의 손을 꼭 잡아 주었다.

"고마워, 소희야."

박미현이 감격스러운 표정을 지으면서 소희를 바라보았다.

마냥 어린애인줄 알았는데 의외로 생각이 깊은 소희였다.

진혁은 지금 경상북도 경주시 토함산 밑자락에 있는 불국사로 향하고 있었다.

박미현으로 부터 경주에 가있는 그녀의 아버지 박술남 교수와 일주일째 연락이 되고 있지 않다는 말을 들었기 때문이었다.

물론 박미현은 아버지 박술남 교수의 신변이 위험한 것은 아니라고 생각하고 있었다.

박술남 교수가 연구에 깊이 빠져 있을 때는 그럴 수도 있었기 때문이었다.

게다가 언니인 박지현이 아버지가 몹시 바쁘다고 둘러대고 있었기 때문에 더욱 의심하지 않는 눈치였다.

다만 그래도 왠지 마음에 걸렸다.

그래서 박미현은 진혁이 돌아오는 것을 알고는 바로 그의 집으로 달려가 아버지 박술남 교수의 소식을 전한 것이었다.

하지만 소식을 전달 받은 진혁의 입장은 달랐다.

박술남 교수나 박미현은 모르고 있었지만 중국 당국이 대한민국의 경주를 들쑤시려는 걸 막은 사람이 진혁이었다.

23

그들이 발견한 엔키릴을 일반 쇳덩이로 바꾼 다음 가루로 산화시켜 버렸기 때문이었다.

교묘한 속임수였다.

다행히 진혁의 이런 방법은 먹혔다.

덕분에 카르카스 소속의 로스 트란은 아놀드 카텐으로부터 연대 만년 추정의 정체불명의 물건이 산화되었다는 보고를 받았기 때문이었다.

물론 진혁은 그것까지는 모르고 있었다.

중국 당국의 지시를 받고 있는 장린 박사나 우위안 박사를 감쪽같이 속일 수 있어서 다행이라고만 생각했다. 하지만 그들이 이것으로 쉽게 물러설 거란 기대는 하지 않았다.

그리고 그 막연한 염려가 현실로 다가온 것이라고 생각이 들었다.

그의 감이 박술남 교수가 지금 연구에 빠져 딸인 박미현과 연락을 안 하는 것이 아니라 어딘가 자취를 감췄기 때문이라고 알려오고 있었다.

그렇다면 여러 가지 경우를 생각해볼 수 있었다.

경주에서 판테온의 카이저황제에 대한 어떤 단서를 얻었던지.

물론 그 경우, 박술남 교수는 환국에서 중국으로 넘어간 병사의 행방으로 알고 있을 것이었다.

어쨌든 그 외에 중국이나 미국측의 어떤 훼방이나 납치 시도 가능성도 무시할 수 없었다.

그래서 진혁은 그 소식을 듣자마자 한달음에 박미현의 언니인 박지현이 있다는 경주 불국사로 향했던 것이었다.

'여기군.'

진혁은 불국사 천왕문을 올려다보았다.

천왕문에는 사천왕이 위엄 있게 서있었다.

본시 한국의 사찰에서는 일주문과 본당 사이에 천왕문을 세워, 그림으로 또는 나무로 깎아 만든 사천왕의 조상을 모시는 것이 일반적이있다.

지국천왕은 비파를, 증장천왕은 보검을, 광목천왕은 용, 여의주, 다문천왕은 보탑을 바쳐 든 모습이 보편적이었다.

진혁은 사천왕을 보면서 묘한 이질감을 느꼈다. 귀환 전에 느꼈던 절에서 본 사천왕들과는 다른 느낌이었다.

진혁은 그러한 현상을 대수롭지 않게 여겼다.

귀환 이후 이곳에서 겪는 모든 일, 그리고 보는 모든 것들이 예전과는 다른 의미로 그에게 다가오는 것이 많기 때문이었다.

그때 뒤에서 그를 부르는 목소리가 들려 왔다.

"진혁군, 여기!"

박지현이었다.

진혁이 불국사로 출발하면서 박미현에게 그녀의 언니인 박지현에게 연락을 부탁했기 때문이었다.

박지현은 서울 대학원 역사학을 전공하면서 아버지 박술남 교수의 조교도 겸하고 있었다.

그녀의 전공 역시 아버지 박술남 교수와 마찬가지로 고대사였다.

박지현이나 박미현 모두 어렸을 때부터 아버지 박술남의 남다른 고대사 사랑에 자연스럽게 젖었기 때문이었다.

"바쁘신 와중에 이렇게 찾아와서 죄송합니다."

진혁은 박지현에게 허리를 굽혀서 인사를 했다.

박지현의 입장에서는 진혁이 갑자기 찾아와서 의아할지도 모르기 때문이었다.

게다가 가뜩이나 박술남 교수의 행방불명으로 인해서 심란한 상황에 자신이 나타난 것이 달갑지 않을 수도 있었기 때문이었다.

그리고 박지현과는 중국에서 만났던 것이 전부였다.

진혁은 내심 걱정했는데, 다행히도 박지현은 진혁을 따뜻하게 맞아주었다.

"여전히 예의가 바르네. 우리 미현이는 학교 잘 다니고 있지?"

박지현은 진혁에게 제일 먼저 여동생의 소식을 물어보았다.

매일 여동생과 통화를 통해서 진혁이 박미현의 남자친구로 계속 있기로 했다는 것은 이미 들어서 알고 있는 그녀였다.

더구나 여동생인 박미현이 얼마나 진혁을 좋아하는지도 아주 잘 알고 있었다.

학교마저 진혁이 다니는 서울사립고등학교로 바꿀 정도였으니 말이었다.

박지현으로서는 이제 고1인 여동생의 그런 열정이 내심 부러울 정도였다.

26살이 되도록 제대로 연애다운 연애를 해본 적이 없기 때문이었다.

박지현은 진혁을 보면서 빙그레 미소를 지었다.

정말 잘생겼다.

누가 봐도 17살이란 나이가 믿겨지지 않을 만큼 성숙돼 보이기까지 했다.

26살인 박지현이 진혁의 옆모습만 봐도 설레일 정도니깐 말이었다.

박미현이 푹 빠질 만 하다고 여겨졌다.

"출장 왔다고?"

박미현은 진혁을 올려다보면서 물었다.

그녀의 키는 168cm였다.

그럼에도 진혁을 올려다 보아야했다.

진혁의 키는 180cm가 넘어섰기 때문이었다.

"네. 이 부근에서 누굴 만나기로 했습니다."

진혁이 대답했다.

자신의 말을 곧이 믿어주는 박지현에게 거짓말을 하는 것이 마음에 걸렸지만 사실 누굴 만나기로 했다는 것은 아주 틀린 말도 아니었다.

박지현을 만나고 있으니 말이었다.

"경주 자체가 유적의 도시네요."

진혁이 감탄하는 표정을 지으며 말했다.

그의 마음 같아서야 당장 박술남 교수의 일을 물어보고 싶었다. 하지만 만나자마자 물어보는 것은 실례로 여겼기 때문이었다.

"정말 멋진 도시지?"

박지현이 맞장구를 쳤다.

그녀는 진혁을 보면서 계속 말했다.

"경주는 도시 자체가 문화재라고 할 수 있어. 신라는 천 년 동안 지속된 왕국이잖아. 바로 이곳 경주는 천 년 전에 살았던 신라인의 숨결이 도시 곳곳에서 느껴지곤 해. 게다가 이곳엔 많은 문화유산들도 남아있어. 어떨 때는 길을 걷다 땅을 파면 수천 년 전의 토기가 발견될 것 같은 예감까지 들게 해. 경주는 도시 그 자체에서 신라의 고고한 흔적을 느낄 수 있어서 정말 좋아."

"경주 자체가 신라군요."

진혁이 고개를 끄덕이면서 박지현의 말에 맞장구를 쳐
주었다.

"그렇지."

박지현이 싱긋 웃었다.

"시간만 나면 이곳을 한번 쭈욱 둘러봐야겠습니다."

진혁이 주변을 두리번거리는 척하면서 말했다.

"오늘은 시간이 나는 거니?"

박지현이 물었다.

"네, 약속이 하루 미뤄져서 오늘 시간이 좀 넉넉합니다."

진혁이 희미하게 미소를 지었다.

그는 일부러 '오늘' 이란 단어에 유독 강조를 했다.

"그렇구나, 내가 오늘 불국사 가이드 해 줄게."

박지현은 선뜻 가이드를 자청했다.

"저야 감사할 따름입니다."

진혁은 빙그레 웃으면서 대답했다.

다행히 박지현이 자신의 가이드를 자청했다.

두사람은 함께 불국사 안쪽으로 향했다.

박지현의 입장에서는 모처럼 경주를 찾아온 손님인 진
혁을 그냥 보내기가 싫었다.

아버지 박술남 교수가 걱정되긴 했지만 그렇다고 손 놓
고 마냥 작업실에서 기다릴 수만은 없었다.

차라리 이렇게 불국사와 석굴암 쪽을 돌아다녀보는 것
도 기분전환으로 괜찮게 여겨졌다.

박술남 교수가 그곳을 향하기전에 당분간 연락이 안다
을 수도 있음을 암시했기 때문이었다.

'이청남 교수님과 조교 3명도 함께 갔으니…. 괜찮겠
지.'

박지현은 애써 자신을 위로하고 있었다.

자신이 고고학 전공이기만 했어도 아버지 박술남 교수
를 따라 그들과 함께 그곳으로 향했을 것이었다.

어쨌거나 동생이 그렇게 좋아하는 남자친구를 잘 대접
해주는 것도 나중에 점수를 딸만하니깐.

"누나, 사천왕들의 포스가 대단하네요."

진혁이 뻔히 알면서도 박지현에게 말을 걸었다.

그바람에 그녀의 상념이 깨졌다.

"그, 그렇지. 참 사천왕 중에서 경상남도 양산시 통도사
의 목조 사천왕상, 이곳 석굴암의 석조 사천왕상이 유명
해. 불국사 다 돌아보면 석굴암 보러갈 때 한번 유심히 그
곳 사천왕상을 봐봐."

진혁은 박지현의 설명에 석굴암에 있다는 석조 사천왕
에 대해서 관심이 일었다.

방금 전 불국사에서 본 사천왕를 봤을 때 느낀 묘한 기
분 탓이었다.

어쨌든 경주는 신라의 유적이 잘 간직된 곳으로 그만큼 유명한 관광지이기도 했다.

사실 진혁의 경우는 관광에 관심 있기보다 이곳에 있는 마나에 관심이 생겼다.

이곳의 마나은 서울과 비교하면 월등하게 많이 대기에 섞여 있었지만 관광객들이 많이 오고가서 그런지 마나 자체의 순도는 떨어지고 있었다.

그런데 불국사로 들어오니 많은 관광객들에도 불구하고 마나가 다소 정순해져 있다는 느낌이 들었다.

게다가 불국사에서 멀리 떨어져 있는 석굴암 방향에서 불어오는 마나는 불국사에서 느끼는 마나보다 더욱 정순했다.

'저곳에 뭔가가 있군.'

진혁의 눈빛이 빛났다.

"작업실은 이곳과 멉니까?"

진혁은 박지현과 대웅전을 향해서 걸으면서 물었다.

그녀를 떠보기 위해서였다.

"가까워. 사실 저쪽 석굴암 근처야."

박지현이 말했다.

작업실의 위치 자체는 비밀이 아니었기 때문이었다.

'역시.'

진혁은 자신의 예감이 맞았다는 것을 느꼈다.

석굴암쪽에서 불어오는 마나가 뭔가 다른 것처럼 박술
남 교수도 그곳에서 뭔가를 찾았을 것이 분명했다.

그렇지 않고서는 이곳에 작업실을 설치할 이유가 없었다.

진혁이 말없이 고개만 끄덕였다.

그러자 박지현이 옆에서 자랑스럽다는 듯이 설명했다.

"아버지와 고고학의 대가인 이청남 교수님의 명성 덕에
정부에서 석굴암 옆에 임시작업실을 설치하는 것을 허락
했어."

"그러면 일반인들은 석굴암을 못 들어갑니까?"

진혁이 능청스럽게 물었다.

"아니야, 석굴암에서 좀 떨어진 곳에 임시작업실을 설
치했어. 물론 일반인들은 무슨 보수 공사하는 줄 알 걸.
훗."

박지현이 미소를 지었다.

대부분 공개된 유적에 대해서 재조사를 할 경우 자주 써
먹는 방법이었다.

대외적으로 보수공사를 가장하는 것이었다.

덕분에 주로 작업은 유적 공개시간이 끝난 저녁이후에
하는 경우가 많았다.

가급적 사람들의 이목을 끌지 않기 위해서 였다.

진혁은 그런 박지현을 보면서 궁금증이 일었다.

'정부에서는 박술남 교수의 보고를 받았을 텐데…'

그로서는 박지현의 그런 설명이 오히려 의아했다. 서울
대 교수인 박술남이나 고고학의 대가라는 이청남 교수라
는 사람의 명성 때문에 작업실 설치를 허락했다는 것에 뭔
가 말이 앞뒤가 맞지 않았다.

대한민국의 땅에 만년도 더 된 환국이 존재했을 가능성
이 있는데 정부의 설치 허가가 겨우 두 교수의 명성 때문
이라니.

학계를 발칵 뒤집을 환국에 대한 정부의 태도가 석연치
않았다.

아니면 박지현이 자신에게 대충 둘러댔거나.

진혁은 후자이기를 바랐다.

그가 본 중국의 태도나 미국에서 왔다던 아놀드 카텐박
사의 태도를 미루어보아 쉽게 물러설 이들이 절대 아니었
기 때문이었다.

우리나라 정부가 적극적으로 나서주었으면 하는 바램이
간절했다.

그때 박지현이 대웅전 앞에서 설명을 하기 시작했다. 오
늘 하루 진혁의 가이드로서 충실하기 위해서였다.

"여기 대웅전과 극락전을 봐봐. 대웅전은 현실세계를
담당하는 석가모니 부처가 자리 잡고 있고, 극락전의 경우
사후세계를 아미타불 부처가 담당하고 있어."

"음, 대웅전이 극락전보다는 건물이 더 큽니까?"

진혁이 두 건물을 본 뒤 물어보았다.

"역시 알아보네. 대웅전이 더 큰 것은 현실세계를 우선시한다는 뜻이야."

박지현이 씨익 웃어보였다.

"현실세계를 우선시 한다라."

진혁은 자신도 모르게 그 말을 중얼거렸다.

이미 판테온에서 100년이 넘도록 살아온 그였다.

삶도 죽음도 모두 초월했다고 여겼는데 막상 대웅전을 보니 삶의 소중함이 밀려왔다.

지금 자신이 지구로 회귀 후 가족을 위해서 좌충우돌하는 모든 것들에 대해서 때로는 허무함이 몰려올 때가 있었기 때문이었다.

마치 대웅전에 계신 석가모니께서 자신에게 속삭이는 것만 같았다.

지금 이 순간을 소중히 하라고.

"지금 이 순간이 소중한 거지."

박지현이 진혁의 말을 듣고 대답했다.

진혁은 흠칫 박지현의 말을 듣고 그녀를 쳐다보았다.

누구나 부처라는 말이 실감났다.

"카르페 디엠."

진혁은 박지현을 보면서 씨익 웃었다.

한동안 잊고 지냈던 단어가 떠올랐기 때문이었다.

"지금 살고 있는 현재 이 순간에 충실 하라는 뜻의 라틴어지."

박지현이 카르페 디엠의 뜻을 말했다.

그녀는 손가락을 뻗어 그들이 지나온 방향쪽을 가리키면서 계속 말했다.

"난 가끔 이곳에 오면 청운교나 대운교 석조를 보고 감탄할 때가 많아. 조형미와 구조미를 동시에 잘 표현한 최고의 석조물이거든. 아니 이곳에 있는 모든 것들이 카르페 디엠을 뜻하는 것 같아. 우리 조상들은 매순간 최선을 다한 거야. 석공이 이것을 만들 때 최선의 마음을 내어 그 순간 최선을 다했기에 긴 시간이 흘러도 우리는 그때를 고스란히 볼 수가 있는 것 같아."

박지현은 불국사 경내를 둘러보면서 감동에 어린 눈빛으로 말했다.

짝짝짝.

진혁이 그 말에 박수를 쳤다.

"어머, 내가 너무 흥분했지?"

박지현의 볼이 발그레 졌다.

17살에 불과한 진혁의 앞에서 너무 자신이 역사에 심취한 모습을 보인 것이 민망했기 때문이었다.

학생들이 박지현의 이런 마음을 이해할 수나 있을까? 아직은 이런 말들이 주는 깊이를 느끼기에는 17살은 무리라고 생각했다.

"저도 동의합니다."

진혁의 말에는 진심이 서렸다.

"고마워."

박지현이 싱긋 웃었다.

더 긴 구구절절한 말이 필요 없었다.

진혁과 함께 있은 지 얼마 되지도 않았는데 자꾸 미소가 절로 나왔다.

요 며칠, 아버지 박술남 교수를 걱정하느라 웃을 일이 별로 없었는데 말이었다.

"배고프지 않아? 밥부터 먹고 석굴암 가자."

박지현이 말했다.

진혁은 가볍게 고개를 끄덕였다.

그의 마음 같아서야 당장 석굴암으로 달려가고 싶었다. 확인할게 많으니깐 말이었다.

하지만 박지현에 대한 예의상 어쩔 수없이 불국사 근처 식당으로 향했다.

게다가 어느새 12시가 되었으니 말이었다.

"아줌마, 저희 왔어요!"

박지현이 식당에 들어서자마자 큰 소리로 주방 안쪽을 향해서 소리쳤다.

단골인 듯 싶었다.

다른 식당들과는 달리 사람이 많지는 않았다.

약간 후미진 골목에 위치하기 때문인 듯 싶었다.

아는 사람만 찾는다는 그런 가게였다.

"지현이 왔네. 근데 못 보던 청년이네. 애인인가봐."

주방 안쪽에서 50대로 보이는 여자가 손을 앞치마에

"호호호, 얘 아직 어려요."

박지현은 진혁을 힐끔 보면서 말했다.

'17살이라고 안 한 것만 해도 다행이군.'

진혁은 박지현이 보기보다 더 생각이 깊다는 것을 느꼈
다. 지금은 평일이다.

진혁이 17살이라고 하면 분명 학교를 안가고 여기 왜있
냐고 물어볼 수가 있었다.

수학여행 나온 학생이라고 둘러친다고 해도 단체와 이
탈해서 박지현과 함께 있다는 것이 또 의문을 불러일으키
게 된다.

"여기 김치찌개 최고야."

박지현이 진혁에게 그렇게 말하면서 아줌마에게 주문을
했다.

"김치찌개 2인분이요."

"알았어. 안그래도 연구팀에게 전화가 왔어. 이곳에서
점심 먹겠다고."

식당 아주머니는 웃으면서 박지현에게 말했다.

"아."

박지현은 그 말에 짧게 탄식을 했다.

진혁은 그녀의 표정이 일순 어두워지는 것을 놓치지 않았다.

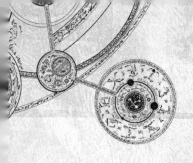

Return of the Meister

NEO MODERN FANTASY STORY

2. 석굴암의 비밀 1

2. 석굴암의 비밀 1

Return
of the Meister

두 사람은 식당 홀에 자리 잡고 앉았다.

"금방 내올게."

식당 아주머니는 그렇게 말하면서 서둘러 주방 쪽으로 들어가셨다.

"여기는 사람들이 잘 모르는 곳이야. 이집 아주머니의 음식솜씨가 끝내줘서 아는 사람만 찾아."

박지현은 주변을 힐끔 쳐다보는 진혁에게 설명을 했다.

진혁은 말없이 고개를 끄덕였다.

"같이 일하는 연구팀이 온다네. 어차피 석굴암 가다보면 마주칠 수도 있으니깐 소개해줄게."

박지현은 어색한 미소를 지으면서 말했다.

드르륵.

그녀의 말이 마치자마자 우르르 대 여섯 명이 식당으로 들어섰다.

지현과 작업실에서 함께 일하고 있는 연구팀원들이었다.

"어, 지현씨!"

한 남자가 박지현을 발견하고는 반겼다.

"아, 어서 오세요."

박지현은 일행에게 미소를 지었다.

일행들은 우르르 박지현의 옆으로 다가왔다.

그들은 박지현과 함께 식사를 하러 온 진혁을 흥미롭게 쳐다보았다.

하지만 소개를 해주기 전에는 물어볼 수가 없는 법.

더구나 박지현도 진혁을 굳이 연구팀원들에게 소개시켜 줄 생각이 없어 보였다.

서로 간단한 인사를 하고 연구팀원들은 홀의 가장자리에 자리를 잡고 앉았다.

진혁은 연구팀원들과 박지현의 모습을 유심히 관찰했다.

박지현은 일행들이 그녀에게 다가왔을 때 오른쪽에 서 있던 사내 쪽으로는 눈을 마주치려고 하지 않았다.

'전 애인인가?'

진혁은 일행 중 오른쪽에 서있던 사내를 주목했다.

그의 키는 진혁과 비슷해보였다. 하지만 워낙 마른 체격인 탓에 진혁보다 더 키가 커보였다.

저벅저벅.

그 사내가 일행들 사이에서 벌떡 일어나더니 박지현이 있는 쪽으로 다가왔다.

그의 얼굴은 긴장감과 비장감마저 흐르고 있었다.

진혁의 등장이 그를 자극한 것이 확실했다.

"저 분은 누구시죠?"

사내는 다짜고짜 박지현에게 말을 걸었다.

다른 일행들이 흘낏흘낏 쳐다보는 것이 느껴졌다.

일행들도 박지현과 사내의 사이에 대해서 어느 정도 아는 눈치였다.

사내는 일행의 시선을 뒤로 한 채 오로지 박지현과 진혁만을 번갈아 쳐다보았다.

박지현에게 꽤 관심 있는 눈치였다.

"후배에요. 여기 일이 있어서 온 김에 제가 오늘 가이드 해주고 있어요."

박지현은 별일 아니란 식으로 어깨를 으쓱했다. 하지만 그녀는 사내를 매우 어색하게 대하는 것이 진혁에게도 느껴졌다.

'둘 사이 썸씽인가?'

진혁은 속으로 피식 웃고 말았다.

아까 연구팀이 온다고 했을 때 박지현의 얼굴이 일순 어두워져서 내심 걱정했는데 막상 뚜껑을 열어보니 그다지 큰일은 아니었다.

오로지 공부만 하던 범생들이라서 그런지 연애도, 감정표현도 서투른 게 보였다.

"진혁씨, 여기 서울대에서 고고학 박사과정을 밟고 있는 임정열씨."

박지현은 어쩔 수 없이 진혁에게 사내, 임정열을 소개시켜 주었다.

"반갑습니다. 소개받은 최진혁입니다."

진혁은 임정열에게 반갑게 인사를 건넸다.

그로서야 박지현과 일하고 있는 연구원들을 한 사람이라도 더 알아두면 좋을 일이었다.

"반갑습니다."

임정열은 진혁에게 악수를 청했다.

꽈악.

진혁이 내민 손을 그는 강하게 잡았다.

그의 눈빛이 진혁에게 경고를 날리는 것처럼 보였다.

내 여자에게 필요이상 접근하지 말라고 말이었다.

피식.

진혁은 자신도 모르게 웃음이 나왔다.

"정말입니까?"

임정열은 박지현에게 진혁이 17살이란 말을 귀띔 받고
는 경악한 눈빛으로 그를 쳐다보았다.

그러나 아까와는 달리 안심하는 눈치였다.

처음 인사를 나눌 때와는 태도가 180도로 변해있었다.

17살이란 진혁의 나이덕분에 그가 경계심을 풀었기 때
문이었다.

세 사람은 식사를 마치고 연구팀과 함께 석굴암으로 향
했다.

어차피 석굴암 근처에 임시작업실이 있으니 굳이 따로
갈 필요가 없었기 때문이었다.

"저도 고고학에 흥미가 많습니다. 안그래도 교수님에게
중국에서 발견한 장검등 많은 이야기를 듣고 궁금하던 차
인데 혹시 장검과 여기 석굴암과 무슨 관련이 있습니까?"

진혁은 임정열과 박지현을 보면서 질문했다.

오늘 내내 진혁이 박지현에게 궁금하던 것이었다.

"……."

"……."

진혁의 질문에 임정열과 박지현은 순간 서로를 쳐다보
았다.

진혁은 그것을 초조하게 바라보았다.

분명 두 사람의 입에서 어떤 말이라도 나오기를 기다렸다.

마침내 두 사람이 서로의 고개를 끄덕였다.

"응, 그게 말이지."

박지현이 먼저 입을 떼었다.

진혁이 장검에 대해서 얼마나 관심이 있는지는 이미 아버지 박술남 교수에게 전해들은 그녀였다.

그리고 지금 현재까지는 딱히 중요한 비밀도 아니었고, 설령 비밀이라고 해도 진혁의 입이 무거울 것이라고 여겼기 때문이었다.

"교수님께서 중국에 다녀온 이후, 이곳 경주 쪽을 그간 조사해오셨습니다."

임정열이 박지현 대신 대답해주었다.

"중국 당국에게 어떤 정보를 들으셨나 봅니다."

진혁이 일부러 두 사람 들으라는 식으로 중얼거렸다.

박지현은 진혁의 말에 깜짝 놀란 표정을 지었다.

진혁이 보는 것이 너무도 정확하기 때문이었다.

"맞아. 하지만 그동안 단서를 발견 못했어."

박지현이 말했다.

"그러다가 얼마 전에 뭔가를 발견했지. 이청남 교수님과 함께 말이야."

임정열이 다소 자랑스러워하면서 말했다.

"뭔가?"

진혁은 두 사람을 힐끔 보고는 말했다.

"아…. 이거 미현이에게는 얘기하지만."

박지현이 임정열에게 한번 눈치를 주고는 말했다.

임정열은 다소 무안한 표정을 지었다.

"누나, 당연하죠."

진혁이 안심하라는 표정을 지었다.

"일주일 전에 석굴암 뒤쪽에서 이상한 것을 발견하셨
어."

"무얼요?"

진혁이 물었다.

"그건 나도 말할 수가 없어. 어쨌든 그것 때문에 지금 이
사단이 난거야."

박지현의 얼굴이 어두워졌다.

진혁은 다소 정보를 더 필요했다.

"발견한 그것과 석굴암이 어떤 관련이 있습니까?"

"그런 것 같아. 석굴암 안쪽과 뭔가…."

박지현이 말하다 말고 흠칫 놀랬다.

진혁에게 너무 많이 이번 탐사 건에 대해서 말한 듯 싶
었기 때문이었다.

하지만 진혁은 개의치 않고 질문을 던졌다.

이번에는 그녀가 대답할 수 있는 것으로 말이었다.

"석굴암이요? 석굴암은 인공석굴이 아닌가요?"

"그렇지. 360개의 돌을 짜마추어 흙으로 쌓아 올린 인공석굴로 알려져 있지."

박지현이 진혁의 질문에 전문가 답게 대답했다.

진혁의 눈빛이 반짝이면서 박지현을 향했다.

그녀는 그런 진혁의 얼굴을 보면서 난처한 듯이 입을 뗐다.

"솔직히 정확하게는 몰라. 이청남 교수님이랑 함께 팀을 짜서 그날 밤에 석굴암으로 향하셨거든."

박지현이 이내 어두운 얼굴로 말했다.

"제가 따라갈 걸… 아직도 후회중입니다."

임정열이 옆에서 말했다.

그의 표정을 보아 진심인 듯 했다.

"저 역시 마찬가지에요. 우리 두 사람이…"

박지현이 말을 하다말고 다소 무안한 표정을 지으면서 황급히 말을 거뒀다.

임정열도 다소 무안한 표정이었다.

하지만 진혁으로서는 두 사람 사이에 흐르는 연애전선 따위는 관심이 없었다.

어쨌든 대충 정황은 파악한 셈이었다.

'석굴암 내부에 들어가서 행방불명이 된 셈이군. 이들

은 이미 사전에 언급을 받고 일단은 기다리는 중이고.'

진혁은 이것으로 박지현에게 알아낼 말은 전부 알아낸 셈이었다.

이제는 그 자신이 직접 석굴암에 들어가 보는 것이 중요했다.

세 사람은 어느새 석굴암 앞에 도착했다.

석굴암 앞쪽에는 전각이 세워져 있었다.

"불상을 보호하기 위해서 전각을 세웠어."

박지현이 옆에서 설명을 했다.

세사람은 본격적으로 석굴암 내부를 들어갔다.

다른 관광객들은 전각까지만 석굴암에 다가갈 수 있었다. 하지만 박지현과 임정열은 정부의 허가를 받고 이곳에서 작업을 하고 있는 연구원들인지라 그 덕에 진혁도 내부를 볼 수가 있었다.

진혁으로서는 이를 다행으로 여겼다.

오늘밤 이곳을 들어오기 전에 사전탐사를 할 수 있으니 말이었다.

'이럴 수가.'

진혁은 석굴암의 내부에 들어서자마자 경악했다.

바깥쪽에서는 전혀 알 수없던 기운들이 묘하게 이곳에서 출렁거리고 있었다.

도저히 있을 수 없는 일이었다.

이정도로 강한 기운들이 출렁거리는데 전각에서 조차 눈치를 그가 못 챘기 때문이었다.

'이 안에 어떤 장치들이 있다!'

진혁은 그렇게 생각하면서 석굴암 내부에 새겨진 석조 상들을 둘러보았다.

그의 눈에는 모든 것이 단순한 조각처럼 보이지 않았다.

석굴암 입구에서부터 제일 먼저 보이는 팔부신중이 그 대표적인 예였다.

팔부신중은 천, 가루다, 마후라기, 야차, 아수라, 긴나라, 건달바, 나가 등을 일컷는 말이었다.

다른 사람들 눈에는 어떻게 보이는지 몰라도 진혁의 눈에는 이것들이 살아 있는 것처럼 느껴졌다.

'도대체.'

진혁은 입을 딱 벌렸다.

"정말 멋지지?"

박지현이 자랑스럽다는 표정으로 진혁을 보면서 말했다.

"그, 그렇습니다."

진혁이 가까스로 대답했다.

지금 그 자신이 보고 있는 것을 박지현이 볼 수만 있다면 그녀의 표정은 달라졌을 것이었다.

아니 까무라칠지도 모르겠다.

"호호호, 네 말투 너무 웃기다."

박지현이 한손으로 입을 가리면서 말했다.

진혁도 익히 듣는 말이었다.

하지만 쉽게 자신의 말투를 고치지 못했다.

그냥 이런 말투가 자신에게 편했다.

판테온에서 100년이나 살다가 왔기 때문에 지구의 나이 17살이란 게 쉽게 적응이 되지 않았다.

"여기 수문신인 금강역사."

임정열이 옆에서 거들면서 석굴암 내부에 대해서 설명해주기 시작했다.

두사람 다 석굴암에 대해서는 해박해보였다.

"금강역사는 부처의 모든 행적과 말을 알고 있다고 해."

박지현이 말했다.

"500 야차신을 거느리면서 부처님의 불법을 수호하지."

임정열이 박지현의 말에 이어서 설명했다.

진혁은 두 사람이 은근 잘 어울린다는 생각이 들었다. 두 사람 다 자신의 분야에 대한 열정이 대단해 보였다.

사천왕은 전실과 주실을 연결하는 통로 좌우벽면에 있었다.

'이것도 마찬가지군.'

진혁은 동쪽에 지국천왕과 서쪽의 광목천왕, 남쪽의 증장천왕과 북쪽의 다문천왕을 뚫어지게 바라보았다.

그의 눈에는 사천왕이 살아 숨 쉬는 것처럼 느껴졌다.

심지어는 그를 향해서 눈동자를 굴리는 것까지 똑똑히 보았다.

하지만 여전히 박지현과 임정열에게는 내색할 수가 없었다.

'확실히 이곳에 뭔가 있군.'

진혁은 오늘 박지현을 만난 것이 다행이라고 여겨졌다.

안그래도 중국에서 있었던 일 때문에 경주에 한동안 와 봐야겠다는 생각을 하던 참에 박술남 교수의 일로 상황이 빠르게 전개되어버린 셈이었다.

더구나 석굴암의 남다른 모습에 경주 전체를 들쑤시지 않게 되었으니 더욱 좋을 수밖에 없었다.

진혁은 두 사람이 번갈아 설명해주는 말을 열심히 듣는 척 했다.

이윽고, 세 사람은 석굴암에서 나왔다.

"작업실도 구경시켜줍니까?"

진혁이 일부러 바라는 티를 팍팍 내면서 물었다.

"대단한 게 없는데…. 그래도 보겠다면 환영이야."

박지현이 대수롭지 않게 말했다.

"안그래도 오늘은 제가 당직이라 얼마든지 보여드릴 수가 있습니다."

임정열이 끼워 들었다.

박지현에게 잘 보이고 싶은 마음이 역력하게 보였다.

그녀에게서부터 진혁이 여동생의 남자친구라는 말을 이미 들었기 때문이었다.

"아, 오늘은 임정열씨가 당직이세요?"

박지현이 임정열의 말에 반응을 보였다.

'예상외로 일이 잘 풀리겠는데.'

진혁은 속으로 웃었다.

그렇게 세 사람은 석굴암을 나와 근처에 있는 임시작업실로 갔다.

토함산 정상 부근에 석굴암이 있는지라 이곳에 임시작업실을 설치하는 것도 굉장히 어려웠을 거로 보였다.

그만큼 길이 비탈졌다.

그곳은 커다란 초록색 판넬로 주변을 울타리처럼 바리케이드 치고 있었다.

입구와 측면, 후면에는 '관계자외 출입금지'라는 말이 크게 씌어 있었다.

임시작업실안의 연구를 위한 곳은 대형 천막으로 만들어져 있었다.

그 뒤로 잠자거나 휴식을 취할 수 있는 사각형 텐트가 쳐져 있었다.

그 외 간이화장실과 텐트 안에서 음식을 보관하고 간단하게 먹을 수 있도록 만들어놓은 것도 있었다.

원래 이들의 숙소는 불국사 아래 쪽에 있는 여관이라고

했다.

하지만 박지현의 말로는 박술남 교수나 이청남 교수는 이곳에 도착한 이후로 한 번도 석굴암외 이 주변을 벗어난 적이 없다고 했다.

그래서 연구원들끼리 번갈아 가면서 음식을 사오곤 했다고 한다.

그 외 임시작업실이라고 해서 그다지 볼게 없었다.

그동안 무언가를 발굴하거나 발견한 것들이 전혀 없었다.

박지현의 말 그대로였다.

더구나 박술남 교수와 이청남 교수가 석굴암의 내부를 향한지 며칠이 지났기 때문인지 더욱 할 일이 없어 보였다.

박지현을 포함한 연구원 6명이 둘씩 짝을 지어 밤에 야간당직을 설 뿐이었다.

이들도 막연하게 앞서 들어간 탐사팀을 기다리고 있었다. 그들이 오기까지 딱히 할 일이 없는 듯 했다.

진혁은 그 바람에 더욱 더 의심이 생겼다.

'박사님이 무엇을 발견 하셨길래 아무것도 없는데 석굴암 내부로 탐사팀을 구성해서 들어가셨지?'

물론 인공석굴인 석굴암 내부로 사람들이 들어가서 일주일째 연락두절이라는 것도 미스테리했다.

석굴암 자체는 인공석굴일 뿐이었다.

그곳에서 일주일째 연락이 두절되었다는 게 상식적으로는 이해가 가지 않는 일이었다.

'뭔가 있는 건 확실하군.'

진혁은 박지현과 임정열의 눈치를 살짝 보았다.

그들은 똑같은 말만 그대로 되풀이 하고 있었다.

탐사팀이 석굴암 내부에 들어간 지 일주일째 연락두절 이라고 말이다.

그들은 서로 똑같이 입을 맞추고 있었다.

진혁은 더 이상 박지현이나 임정열에게 알아낼 수 있는 게 없었다. 직접 확인할 수밖에는 말이었다.

진혁은 당장이라도 석굴암 내부를 확인하고 싶었다.

어느새 시간이 오후 5시를 넘고 있었다.

관광객들조차 관광이 끝날 시간대였다.

불국사나 석굴암 모두 오후 5시 30분이면 출입을 허락 하지 않기 때문이었다.

진혁은 기회가 왔다고 생각했다.

그는 박지현과 임정열을 향해서 입을 뗐다.

"제가 아직 숙소를 못 구했는데, 이 시간에 나가서 숙소 를 구하기도 그렇고 이곳에서 오늘밤 머무르면 안 되겠습 니까?"

진혁이 시계를 보는 척하면서 임정열을 향해서 물었다.

관광지인 이곳에서 숙소를 구하기에는 다소 빠듯한 시간이기도 했다.

"나야 좋지. 안그래도 오늘 같이 당직 설 친구가 서울에 급히 가야한다고 해서 나 혼자 당직서기로 했거든."

임정열이 진혁의 말에 환영하고 나섰다.

그는 진혁과 더욱 친해질 수 있는 계기가 생겨서 좋아했다.

"아, 혼자 당직서세요. 그러면 제가 오늘밤 이곳에 같이 당직 설게요. 진혁이를 무작정 임정열씨에게 맡기기도 그렇고."

박지현이 진혁의 핑계를 대면서 함께 당직을 자청했다.

그 바람에 임정열의 얼굴은 그야말로 찢어질 정도로 좋아하고 있었다.

'아니 이런 분위기인데…. 식당에서는 왜 그랬지?'

진혁은 두 사람을 번갈아 보면서 의아했다.

하지만 진혁은 그 원인을 그날 밤에 곧 알 수가 있었다.

진혁은 일찍 졸립다고 하면서 임시 작업실 내 숙소로 이용되는 텐트로 가버렸다.

임정열과 박지현이 함께 당직을 서는데 군이 진혁 자신이 그 옆에서 밤새 붙어있을 필요가 없다.

정말이지 두 사람의 관계 덕분에 진혁이 하고자 하는 일이 풀린 셈이었다.

두 사람은 그런 진혁을 크게 신경쓰지 않았다.

오히려 일찍 자러간다는 진혁의 말을 환영하는 눈치였다.

게다가 임시작업실에 남아있던 연구팀원 5명도 모두 아래 숙소로 철수했다.

탐사팀이 오기 전까지는 이들이 이곳에 남아 있어봐야 할 일도 없었기 때문이었다.

그 덕에 연구팀이 이용하는 임시작업실에는 임정열과 박지현 두 사람만이 남았다.

두 사람은 서로에 대해서 도란도란 대화를 나누기 시작했나.

물론 천막 옆에 설치되어있는 텐트에 자고 있는 진혁의 귀에 자신들의 이야기가 들릴리라고는 생각지도 못한 듯 싶었다.

그만큼 진혁의 청력이 뛰어나기 때문이었다.

두 사람이 어색하게 된 이유는 순전히 박술남 교수와 이청남 교수가 탐사팀을 꾸리면서 발생했다.

그때 막 두 사람은 서로간의 호감이 연애감정으로 발전하기 시작할 무렵이었다.

박지현이 안전상의 문제와 고고학이 아닌 역사학을 전공했다는 이유로 탐사팀에서 제외되었다.

고고학팀의 수석연구원인 임정열은 원래 탐사팀에 따라갔어야 했다.

하지만 임정열은 박지현이 남게 되자 핑계를 대고 그도 연구팀에 잔류했다.

하지만 그 이후로 탐사팀하고 연락이 끊기게 되었다.

그것도 석굴암 내부로 향한지 불과 십분도 채 되지 않은 시간에 무전마저 끊긴 것이었다.

임정열은 이청남 교수의 연구원 중 수석연구원인 자신이 연애감정 때문에 탐사팀에서 빠진 것을 후회했다. 그것을 눈치 챈 박지현 역시 마음이 불편한 것은 사실이었다.

게다가 자신의 아버지도 연락이 두절되었으니 말이었다.

그 바람에 두 사람은 이제 막 불붙기 시작한 연애감정이 순식간에 사르라지고 서로간의 냉전이 시작된 셈이었다. 그런데 식당에서 우연히 마주친 후 진혁 덕분에 함께 석굴암을 둘러보면서 다시 관계를 서서히 회복하고 있었다.

진혁은 두 사람이 도란도란 얘기를 나누는 소리를 한쪽 귀로 들으면서 석굴암 쪽으로 나갈 기회를 엿보았다.

'일루젼 마법이 안 들어!'

진혁은 자신의 침상에 가짜 진혁을 만들려고 마법을 시현하다가 경악했다.

무슨 까닭인지 마법이 시현되고 있지 않았다.

이곳 임시작업실은 석굴암과 매우 가까운 곳에 설치되

어 있다. 그렇다면 마법이 시현되지 않는 이유가 석굴암의 주변에 있기 때문이 아닐까하는 의심이 들었다.

물론 지구상에서는 마법이 존재하지 않기 때문에 석굴암에 이런 기능이 있다는 것은 다소 황당한 전제였다.

진혁으로서는 그 말고는 다른 생각을 할 수가 없었다.

이로서 왜 이곳에서 탐사팀 이 결성되었는지 확실히 이해가 갔다. 하지만 그들이 그것을 어떻게 알았을까?

진혁은 또 하나의 의문이 생긴 셈이었다.

석굴암 뒤쪽에서 발굴되었다던 그 뭔가가 단서이리라.

박술남 교수나 이청남 교수를 직접 만나봐야 알 일이었다.

게다가 석굴암 내부에 새겨진 석조상들 역시 절대로 우연이 아니었다.

진혁은 두 사람이 밤새 자신에게 관심이 없기를 바랬다. 다행히도 숙소 전용의 텐트에 잠들어있을 진혁을 그들이 굳이 보러올 가능성은 없어 보였다.

진혁은 조심스럽게 자신이 빠져나갈 때의 기척을 죽이기 위해서 최대한 기회를 엿보았다.

마침 작업실안의 두 남녀는 누가라고 할 것도 없이 서로의 눈을 바라보았다.

며칠째 두 사람 사이의 긴장감과 냉랭함이 한순간 녹아버렸기 때문이었다.

그 다음은 자연스럽게 두 사람의 입술은 서로 향하고 있었다.

진혁에게는 정말 좋은 기회였다.

'지금이다.'

진혁은 아주 조심스럽게 임시작업실을 나섰다.

임정열과 박지현은 두 사람만의 세계에 빠져서 눈치를 못챘다.

진혁은 석굴암 내부로 거침없이 들어갔다.

'역시.'

밖에서 볼 때와는 달리 안은 자욱한 안개가 끼어있었다.

하지만 이것은 절대 일반안개가 아니었다.

마나.

정순한 마나가 짙게 흐르고 있었다.

그 바람에 진혁의 몸에는 마나가 꽉 차올랐다.

하지만 아이러니하게도 마법 시현은 불가능했다.

분명 이곳에 특별한 무언가가 마법이 불가능하도록 만들어져 있는 게 분명했다.

진혁은 주변을 두리번거렸다.

박술남 교수가 탐사팀을 이끌고 이곳에서 행방불명이

되었다.

그 애긴 이곳이 절대 인공석굴이 아니란 뜻이었다.

다른 차원으로 연결되어있던지.

아니면 다른 무언가의 힘으로 이뤄진 곳이 있던지 둘중

하나였다.

"크크크, 역시 예상대로 다시 왔군."

진혁의 등 뒤에서 목소리가 들려왔다.

큰머리에 몸이 몹시 마르고 작았다. 게다가 송곳니는

거친 입술 사이로 내려와 있는 등 기이한 모습으로 두려

움을 주고 있는 존재였다. 손에는 방패와 창을 들고 서있

었다.

야차였다.

야차는 원래 사람을 잡아먹는 포악한 귀신으로 알려졌

지만 불교의 팔부신중의 하나가 되면서 공양을 잘하는 는

아이를 갖게 해주는 힘이 있다고 했다.

진혁은 야차를 보면서 박지현의 설명을 떠올렸다. 하지

만 그 설명이 지금 무슨 소용이란 말인가.

진혁은 등 쪽이 서늘해져오는 것을 느꼈다.

야차 외에도 팔부신중 전부가 그를 주위에서 에워쌌다.

석조상에 있던 팔부신중이 전부 진혁 주변으로 튀어나

온 것이었다. 아니, 이들은 석조상의 팔부신중이 아닐 것

이다.

진혁은 적어도 그렇게 생각했다.

"특이한 녀석이네."

아수라가 진혁을 보면서 말했다.

얼굴이 셋, 손과 팔이 여섯 개나 있었다.

더구나 싸움의 신으로 도리천에 있는 제석천에게 매번 도전하였다는 박지현의 설명처럼 아수라에게서는 전투적인 기운이 강하게 풍겨 나왔다.

그는 진혁과 바로 전투를 벌이고 싶어서 근질근질하였다.

"그러게. 나는 왠지 친근하게 느껴지는데."

나가가 고개를 갸웃거리면서 말했다.

나가는 용이기 때문이었다.

아무래도 진혁의 손목 안에 담겨져 있는 니르갈 때문인 듯 싶었다.

드래곤 하트가 씨앗이 되어 자란 나무에서 만들어진 지팡이다 보니 자연스럽게 용을 뜻하는 나가로서는 진혁에게서 친숙한 느낌을 받을 수밖에 없었다.

"어쨌든 이 녀석 때문에 내 연주가 방해를 받았어."

긴나라가 짜증나는 표정을 지으면서 자신의 손에 든 것을 내려다보았다.

한손에는 창을, 다른 손에는 지물을 들고 서있었다.

긴나라는 가무의 신이다.

또한 건달바와 함께 이곳에서 음악을 연주하는 역할을

맡고 있었다.

'아······.'

진혁은 긴나라의 모습을 보면서 이곳에 설치되어 있는 무언가의 정체를 얼추 알아챘다.

긴나라와 건달바가 음악을 연주함으로써 진혁의 마법이 시현되지 않았다.

그런데 진혁의 등장으로 긴나라와 건달바가 음악을 멈추고 그 자신에게로 다가왔다.

진혁은 긴나라와 건달바가 음악을 하지 않는 동시에 자신의 마법이 마음만 먹으면 시현될 수 있는 것을 알 수가 있었다.

음악은 곧 소리, 진동으로 표현된다.

마법 역시 기본적인 베이스는 말로 주문을 낸다.

말은 곧 소리, 진동으로 표현된다.

이 두 가지가 서로 같은 원리로 작용되고 있는 것이었다.

긴나라와 건달바의 음악이 마법이라고는 표현할 수 없으나 그와 유사한 역할이나 주문을 담고 있는 셈이었다.

즉, 그들의 음악은 마법 파훼주문과 동일했다.

'방심은 금물이다.'

진혁은 여전히 온몸에 긴장을 풀지 않았다.

지금 알아낸 이것이 석굴암 내부의 비밀 전부는 아닐 것이었다.

이것은 겨우 시작에 불과했다.

진혁은 긴장을 멈추지 않고 팔부신중들을 쭈욱 돌아보았다.

이들과 싸울 수는 없었다.

앞쪽으로 또 어떤 힘들이 포진되어 있는지 알 수 없기 때문이었다.

하지만 지금 이곳을 수호하는 팔부신중의 표정은 그다지 진혁을 환영하는 것 같지는 않았다.

특히, 긴나라와 건달바의 경우는 자신의 특별한 음악이 진혁으로 인해서 방해받게 된 것이 예사롭지 않다고 여기는 듯 했다.

진혁으로서는 다행이 아닐 수가 없었다.

만약의 경우, 이들과 붙게 되었을 때 마법을 사용할 수가 없다면 절대로 승산이 없기 때문이었다.

"이곳을 지나가게 해주십시오."

진혁은 자신을 에워싼 팔부신중에게 정중하게 말했다. 하지만 도리어 그것이 뜻하지 않은 화근을 불러왔다.

"우리를 알아보고 있다!"

아수라가 소리를 질렀다.

팔부신중 전부 진혁을 죽일 듯이 노려보았다.

그들은 금방이라도 전투를 벌일 태세였다.

'아차.'

진혁은 그 제서야 자신이 실수했다는 것을 깨달았다. 이들은 보통 사람들의 눈에는 보이지 않는다.

평범한 사람들의 눈에는 그냥 석조상일뿐이었다.

지금 진혁의 눈앞에서 움직이고 있는 것은 일종의 신, 눈에 보이지 않는 기운인 셈이었다.

진혁이 어떻게 이런 것들을 보는지는 모르겠다. 아마도 마법의 속성과 이곳이 묘하게 같기 때문인 것 같았다.

실지로 진혁이 귀환 후 지구에서 귀신을 직접적으로 본 적이 없기 때문이었다.

귀신이라는 존재는 지구 특성의 기운과 복합적인 원인으로 탄생되기 때문이었다.

그런데 이들은 귀신같은 것과는 달랐다.

팔부신중이 불법을 수호하는 신이기 때문에 마음만 먹으면 인간에게 자신의 모습을 슬쩍 보이는 것은 가능하다.

하지만 인간이 이들을 직접적으로 볼 수 있지는 못한다.

그래서 이들은 진혁이 석굴암 내부에 들어왔을 때 흥미롭게 주위를 에워싸고 그를 관찰했던 것이었다.

앞서 진혁이 석굴암에 들어왔을 때 풍겼던 예사롭지 않은 기운 탓이기도 했다.

덕분에 팔부신중이나 진혁이나 일촉즉발의 상황이 되어버렸다.

(이 녀석이 뭔데 우리를 알아보지?)

(특이한 인간이다)

(확인이 필요해)

팔부신중들은 서로를 보면서 서로의 생각을 전달했다.

(어이, 이녀석 실력 좀 볼까?)

천이 야차를 향해서 신호를 보냈다.

(그럴까.)

야차의 얼굴에서 음흉한 미소가 피어올랐다.

휙.

야차는 진혁을 향해서 손에 든 창을 날렸다.

정확히 진혁의 어깨쯤에 말이었다.

탁.

불식간에 야차의 공격을 받은 진혁은 엉겁결에 쉴드를 펼쳤다.

니르갈 덕분이었다.

진혁이 니르갈을 품고 있는 한 불시에 받는 그 어떤 공격에도 안전했다.

그러자 팔부신중의 눈들이 휘둥그레졌다.

그들은 다시 서로를 바라보았다.

(어떤 존재가 이런 것을 할 수 있는가?)

(혹시!)

(확인이 필요하다.)

(속단은 금물이다.)

(누가 공격하겠는가.)

(내가 나서겠다.)

나가가 다른 팔부신중을 향해서 고개를 끄덕였다.

나가는 진혁을 향해서 입을 벌렸다.

화르르륵.

그러자 거대한 불길이 그의 입에서 진혁을 향해서 뻗어 나왔다.

금방이라도 진혁의 주변에 쳐져있는 막이 터질 것만 같았다.

같은 용, 드래곤의 속성상 니르갈의 쉴드는 역부족이었다. 진혁이 아직 7서클의 마법사가 되지 못했기 때문에 니르갈만으로는 제 힘을 완전히 발휘할 수가 없었다.

"레인 쉴드!"

진혁은 다급하게 자신의 쉴드 위에 비를 소환해냈다.

후두둑후둑.

그러자 비가 이들 주변위로 쏟아지기 시작했다.

그 덕분에 진혁을 향해서 무서운 속도로 뻗어오던 불길이 사그라 들었다.

"아니!"

나가는 흠칫 놀란 표정을 지었다.

인간이 비를 내리고 있다는 것이 말이 안 되었기 때문이었다.

동시에 팔부신중들 사이에는 더욱 소란스러워졌다.

"너는 누군가?"

천이 동요하는 팔부신중을 대표해서 입을 열었다.

"최진혁이라 합니다."

진혁은 담담하게 자신의 이름을 열었다.

"최진혁? 못 들어본 이름인데."

천이 고개를 갸우뚱했다.

"일행을 찾아왔습니다."

진혁은 그런 천을 향해서 자신이 이곳으로 온 목적을 밝혔다.

혹시나 박술남 교수의 행방을 알 수 있지 않을까 싶어서였다.

"일행?"

"5명이 이곳에 들어왔을 겁니다. 일주일전에 말입니다."

진혁이 말했다.

"항상 이곳에 무리들이 들어오지."

아수라가 별거 아니란 식으로 대답했다.

하긴 그의 말도 옳았다.

'혹시 이들도 모르나?'

진혁은 팔부신중을 뚫어지게 바라보았다.

그들은 오로지 진혁에게만 관심을 보였다.

(한번 더 해보자.)

(확인하자.)

(확인하자.)

팔부신중들은 서로에게 눈짓을 했다.

'뭐지?'

진혁은 등골이 서늘해졌다.

그때 가루라가 갑자기 날개를 펼쳐들었다.

순식간에 진혁의 위쪽으로 덮쳐 들었다.

탁. 탁.

쩌이이억.

가루라의 발톱이 진혁이 펼쳐둔 쉴드를 칠 때마다 쉴드가 금이 가고 있었다.

하얍!

그때 아수라가 금이간 쉴드 위를 내리쳤다.

퍼억.

휘리리릭.

쉴드가 가루라와 아수라의 힘을 이겨내지 못하고 결국은 사라졌다.

"흐흐흐, 너는 내 차지다."

마후라가가 커다란 입을 낼름거리며 진혁을 향해서 말했다.

마후라가는 몸은 사람이지만 머리는 뱀이었다.

그의 머리에는 빔이 그려져 있는 관을 쓰고 있었다.

냘름거리는 마후라가의 입은 금방이라도 진혁을 삼킬 것처럼 보였다.

'이걸 어쩌지.'

진혁의 입장은 난처했다.

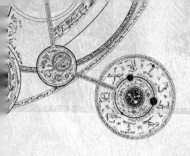

Return of the Meister

NEO MODERN FANTASY STORY

3. 석굴암의 비밀 2

3. 석굴암의 비밀 2

Return
of the Meister

　진혁은 자신을 에워 싸고 있는 팔부신중을 찬찬이 둘러
보았다. 자신이 이들과 싸워서 이길 보장도 없을뿐더러 설
령 이길 수 있다고 해도 싸움을 피하고 있었다.

　팔부신장은 불법을 수호하는 수호신들이었기 때문이었
다. 그 자신은 종교가 없다고는 하지만 불교에서 수호신으
로 받들고 있는 이들과 싸움을 벌이는 것이 꺼림칙스러웠
기 때문이었다.

　그렇다고 이대로 마후라가에게 잡혀 먹힐 수는 없었다.

　"파이어 스톤!"

　진혁은 마법을 시현했다.

　그러자 불덩이들이 마후라가 주변으로 쏟아지기 시작

했다.

하지만 마후라가는 꿈쩍도 하지 않았다.

사실 진혁이 파이어 스톤의 위력을 최대한 낮추었기 때문이었다.

그냥 자신이 마법을 시현할 수 있음 정도를 보여주고 싶었다.

그것으로 이들이 물러선다면 좋고 말이었다.

"흥, 이것밖에 안 되냐!"

마후라가가 코웃음을 쳤다.

그때였다.

"마후라가, 오만 떨지 마라."

누군가 팔부신중의 뒤에서 연이어 말했다.

"그는 너를 봐준 것이다."

아니, 누군가들이 말했다.

팔부신중은 뒤를 돌아보았다.

석굴암 내부 주실과 석실 사이에 있던 사천왕들이었다.

진혁은 어이가 없어서 입을 벌렸다.

팔부신중까지 그렇다 치자.

하지만 사천왕까지 이렇게 움직이고 말하는 것을 보니 자신이 꿈을 꾸고 있는 것만 같았다.

그러나 절대 꿈이 아니었다.

'석굴암 내부에 흐르는 마나 때문인가?'

진혁은 고개를 갸웃거렸다.

그렇다고 이렇게 멍하니 사천왕들을 보면서 서있을 수는 없다고 진혁은 판단했다.

"소란을 떨어 죄송합니다."

천이 말하는 동시에 사천왕들에게 무릎을 꿇었다.

물론 팔부신중은 이미 사천왕들에게 무릎을 꿇고 있었다. 팔부신중은 각각의 사천왕들에게 소속되어 있기 때문이었다.

"제법인 녀석이구나."

서쪽의 광목천왕이 말했다.

"힘을 쓸 줄 아는군."

북쪽의 다문천왕이 진혁을 보고서는 흥미롭게 말했다.

"긴나라와 건달바야, 음악을 연주해라."

동쪽의 지국천왕이 진혁을 슬쩍 보고서는 미소를 지으면서 말했다.

'이런.'

진혁은 자신의 마법이 긴나라와 건달바의 음악에는 먹히지는 않는다는 것을 사천왕에게 들킨 것을 깨달았다.

"천, 실력을 보여다오."

남쪽의 증장천왕이 말했다.

무슨 생각에서인지 사천왕들은 진혁과 팔부신중의 싸움을 붙이고 있었다.

진혁은 매우 난처한 기색을 보였다.

그러나 천은 오히려 기회가 왔다는 식으로 무릎을 펴고 일어섰다.

"아수라, 잘 보거라. 내가 저놈을 어떻게 하는지. 으하 하하."

천은 아수라에게 거만한 웃음을 날렸다.

"저도 협공하겠습니다."

천의 자극에 아수라가 사천왕들을 보면서 간청했다.

"좋다."

북쪽의 다문천왕이 웃으면서 말했다.

'사천왕들이 꽤 악취미군.'

진혁은 마음 같아서는 사천왕들을 쥐어 패고 싶었다.

하지만 그럴려면은 팔부신중을 먼저 넘어서야 했다. 분명 사천왕들은 진혁이 이곳에 온 목적을 이해하는 것 같았다.

마후라가에게 힘을 상대적으로 약하게 쓴 것을 알아본 것을 보면 분명했다.

하지만 이들은 어떤 이유에서인지 진혁을 시험하기를 원했다.

진혁이 회피한다고 될 일이 아니었다.

천이 자신의 오른손에 든 금강저를 휘둘렀다.

그러자 금강저 양 끝에 모아져 있던 뾰족한 것들이 3고저, 6고저, 9고저 등으로 점점 갈라졌다.

휘익.

휘이익.

천은 여유만만한 표정을 지으면서 진혁에게 금강저를 휘둘러댔다.

하압!

타아악.

진혁은 잽싸게 고개를 숙이고는 자신의 등에 내리 찍히는 금강저를 아슬아슬하게 피해 옆으로 몸을 이동시켰다.

'큰일 날 뻔했군.'

하지만 이것이 공격의 전부는 아니었다.

바로 진혁의 앞쪽에 있던 아수라가 6개나 되는 팔을 일제히 뻗어왔다.

꽈악.

좁은 공간에서 6개나 되는 팔을 피할 수는 없었다.

진혁은 순식간에 아수라의 팔에 온몸이 붙들렸다.

"천, 보았느냐! 하하하."

아수라는 자신의 실력에 의기양양해서 소리쳤다.

천의 얼굴이 일그러졌다.

천은 아수라에 붙들린 진혁을 향해서 금강저를 다시 휘둘렀다.

절체절명의 순간이었다.

그때 니르갈이 진혁의 오른손목에서 절로 튀어 올랐다.
그리고는 진혁의 몸을 향해 날아오는 금강저를 막아냈다.

팅.

파아앗!

니르갈과 금강저가 동시에 부딪혔다.

"이게 뭐지?"

천이 진혁의 손목에서 튀어나온 니르갈을 보고 고개를
갸웃거렸다.

사천왕들은 여전히 아무런 말이 없었다.

아수라 역시 바닥에 떨어진 니르갈, 마법지팡이를 보고
갸우뚱했다.

'이때다.'

진혁은 니르갈을 소환했다.

스르르륵.

그러자 바닥에 떨어진 니르갈이 진혁 쪽으로 움직이더
니 이내 그의 몸속으로 사라졌다.

팔부신중은 모두 신기한 물건을 보는 것처럼 고개를 갸
우뚱했다.

진혁은 이때를 놓치지 않았다.

그를 옭아 매고 있는 아수라의 팔 힘이 다소 느슨해져있
었다.

하악!

진혁은 품속에 있던 엔키닐을 꺼내 들었다.

타아악!

탁!

진혁은 엔키닐을 휘둘러 아수라의 팔들을 모두 내리쳤다.

으악!

불시에 예상치도 못한 공격을 받은 아수라는 소리를 질렀다.

짝짝짝.

사천왕들이 박수를 쳤다.

"팔부신중은 물러가라."

지국천왕이 팔부신중을 향해서 말했다.

천과 아수라는 아직 분이 덜 풀리는지 진혁을 보면서 씩씩거렸다.

하지만 사천왕의 명령을 어길 수는 없었다.

진혁은 팔부신중들이 사라지는 것을 조용히 지켜보았다.

'사천왕들과 말이 통해야 할 텐데.'

진혁은 사천왕들의 얼굴을 보았다.

그들의 얼굴에는 아무런 표정이 없었다.

"몸속에 들어간 것은 무엇이지?"

한손에 용을 들고 있던 남쪽의 증장천왕이 진혁을 보면서 질문했다.

니르갈, 마법지팡이를 뜻했다.

"니르갈이라고 합니다. 마법지팡이기도 하죠."

진혁은 천천히 대답했다.

"니르갈? 마법지팡이? 어째서 용의 기운이 있느냐?"

증장천왕의 얼굴은 어느새 호기심이 가뜩 서려있었다.

"그건 드래곤의 하트가 씨앗이 되어 자란 나무에서 만든 지팡이이기 때문입니다."

"드래곤의 하트라? 혹시 여의주를 뜻하는 건가!"

남쪽의 증장천왕은 경악한 표정을 지었다.

진혁은 고개를 끄덕였다.

판테온에서의 용어와 지구의 용어는 다르다. 하지만 기본적으로 같은 맥락에 있었다.

드래곤의 심장, 하트는 드래곤의 막강한 힘의 원천이었다.

지구상에서 용의 여의주 역시 무엇이든지 들어주는 힘을 가지고 있었다.

즉, 여의주가 없는 용은 존재할 수가 없었다.

용의 능력은 바로 여의주이기도 했다.

존재 형식은 틀려도 베이스는 같은 맥락이었다.

진혁은 굳이 그런 세세한 내용을 증장천왕에게 설명하지 않았다.

사천왕이나 팔부신중이나 지구차원에만 존재하는 것들

이 아니기 때문이었다.

언어나 표현은 달라도 우주의 삼라만상. 수백의 차원에 걸쳐있는 존재들이었다.

어쩌면 지금 이들이 있는 이곳은 석굴암이란 특정 장소라기 보다 우주의 다차원에 걸쳐져있는 공간일 수 있었다.

진혁은 그런 생각이 들었다.

이곳에 흐르는 짙은 마나의 힘.

석굴암 내부를 다차원 공간과 겹치게 하는 역할을 하지 않을까 하고 생각했다.

"재밌군."

비파를 들고 있는 다문천왕이 흥미로운 표정을 지어보였다.

"저것은 매우 익숙한데."

다문천왕이 가리키는 것은 진혁이 손에 들고 있는 엔키닐이었다.

중국 진시황릉에서 나왔다던 장검이었다.

'분명 알고 있어.'

진혁은 자신도 모르게 미소가 피어올랐다.

그는 때를 놓치지 않고 사천왕들에게 간청했다.

"일주일전 이곳에 제 일행들이 왔었습니다. 그들의 행방을 찾고 싶어서 이렇게 왔으니 부디 내치지 마시고 알려주십시오."

진혁은 사천왕들을 향해서 정중하게 말했다.

하지만 사천왕들은 쉽게 입을 열지 않았다.

…….

침묵이 길어질수록 그의 속은 타들어갔다.

"너도 그들과 한패인가?"

이윽고 북쪽의 다문천왕이 물었다.

"한패라는 게 어떤 개념인지 모르겠습니다. 하지만 저역시 이곳이 특별한 곳이며 그 특별함에 관해서 궁금증을 가지고 있는 것은 사실입니다."

진혁이 솔직하게 대답했다.

"왜 궁금한가?"

비파를 들고 있는 다문천왕이 심드렁한 표정을 지으면서 비파를 뜯기 시작했다.

그러자 석굴안 내부에 잔잔한 음악이 흘러나왔다.

'진실의 소리?'

진혁은 비파에서 나는 음악이 무엇인지 이내 간파했다.

다문천왕이 연주하는 음악에는 진실의 소리를 유도하는 힘이 있었다.

천하의 거짓말쟁이라도 다문천왕이 연주하는 비파 음을 들으면 모든 것을 실토하고 싶어진다.

하지만 진혁은 이들에게 거짓말을 하고 싶은 생각은 애

초에 없었다.

"저는 지구가 아닌 다른 곳을 다녀왔기 때문입니다. 그리고 이 엔키릴은 지구의 물건이 아닌 제가 다녀온 그곳, 판테온의 물건이기 때문입니다."

진혁은 엔키릴을 쥔 손에 힘을 주면서 말했다.

"음."

동쪽에 지국천왕과 서쪽의 광목천왕, 남쪽의 증장천왕과 북쪽의 다문천왕을 뚫어지게 서로를 바라보았다.

비록 말은 하고 있지 않지만 그들끼리 무언가 생각을 나누는 것 같았다.

이들 역시 진혁을 매우 특별하게 생각하는 눈치였다.

'제발.'

진혁은 사천왕들을 보면서 간절하게 마음속으로 빌었다.

이윽고 증장천왕이 입을 열었다.

"우리가 그대를 통과시켜도 본존불까지 가기 위해서는 넘어야 할 고개가 많다."

"아."

진혁은 증장천왕의 말에 신음을 냈다.

이미 박지현과 함께 이곳을 둘러보지 않았던가.

석굴암 내부에는 사천왕들을 넘어서는 천부상과 보살상이 더 있었다.

즉, 제석천과 범천이라는 천부상과 문수보살, 보현보살 외에도 십대제자며…….

'갈수록 첩첩산중이라더니.'

진혁의 이마에 굵은 주름이 패었다.

이들과는 절대로 싸울 수 없는 존재들이기 때문에 더 어려웠다.

그런 존재들이 이곳에 강림한다는 것은 분명 대단한 일이었다.

"……."

진혁이 그렇게 난처하게 서있을 때였다.

"본존불께서 보내셨다. 나를 따라오너라."

제석천의 목소리가 울려 퍼졌다.

"감, 감사합니다."

진혁은 갑작스러운 도움의 손길에 자신도 모르게 감격에 겨워서 말했다.

사천왕들도 제석천의 등장에 서로를 보면서 고개를 끄덕이고는 제석천을 향해서 정중하게 예를 갖췄다.

제석천은 진혁에게로 곧장 다가갔다.

쏴르륵.

제석천이 왼손에 들고 있던 물병을 진혁을 향해서 쏟아 부었다.

그것뿐이 아니었다.

오른손에 들고 있던 먼지를 터는 불자를 진혁의 몸에 몇 번 대었다.

진혁은 제석천이 하는 대로 놔둔 채 묵묵하게 서있었다.

"이것으로 됐군."

제석천이 미소를 지었다.

진혁은 제석천의 행동이 정화를 나타내고 있음을 깨달았다.

석굴암 내부는 철저하게 외부와 격리되어있는 또 다른 차원, 공간이었기 때문이었다.

더구나 인간이 본존불을 직접 뵙는디는 것은 있을 수 없는 일이었다.

그만큼 진혁에게 아주 특별한 대우를 해주고 있는 셈이었다.

'나에 대해서 시험해본 거군.'

진혁은 이들이 팔부신중과 진혁이 겨루고 있을 때에도, 사천왕들이 팔부신중을 시켜서 진혁과 싸우게 한 것도.

모든 것을 지켜보면서 일종의 시험을 한 것임을 진혁은 깨달았다.

제석천과 진혁은 사천왕을 뒤로하고 주실로 향했다.

주실 한가운데에는 본존불이 있었다.

애초에 석굴암을 지은 목적이 바로 이 본존불을 모시기 위한 것이었다.

그럼으로 석굴암은 본존불을 중심으로 모든 것이 설계되어있다고 할 수 있었다.

총높이 326cm, 불상이 앉고 있는 대좌의 높이가 160cm, 그리고 대좌를 받치고 있는 기단의 윗돌의 폭이 272cm에 이르는 거대한 불상이었다.

진혁은 본존불을 보면서 자신도 모르게 숭고한 느낌이 들었다.

특히 본존불의 가늘게 뜬 눈에서 강인하고 위엄 있는 모습이 엿보였다.

진혁은 두 손을 가슴에 대고 합장자세를 취했다.

"그대의 목적은 알고 있다."

본존불의 음성이 주실에 울려 퍼졌다.

물론 다른 것들과 달리 본존불의 모습은 불상의 모습 그것과 다를 바가 없었다.

다만 본존불의 음성만이 잔잔하면서도 주실 안을 꽉 채우고 있었다.

그 음성만으로도 진혁은 가슴이 떨리는 것을 느꼈다. 숭고하고 장엄한 기운 때문이었다.

"부디 일행을 만나게 해주십시오."

진혁은 여전히 합장자세를 취했다.

"그들이 어디에 있겠는가?"

근엄한 본존불의 얼굴에서 알 듯 말 듯한 미소가 피어올랐다.

시험이었다.

진혁은 본존불의 모습을 천천히 살펴보았다.

그때 그의 눈에 들어온 것이 있었다.

바로 본존불의 손 모양이었다.

박지현에게 들었던 항마촉지인의 수인자세였다.

항마촉지인은 불상의 손 모양인 교리를 담은 수인 중 하나로, 마귀에 대항하여 땅의 신을 가리킨다는 뜻이다.

'혹시?'

진혁은 오른손의 검지기 가리키는 땅 쪽, 즉 본존불을 받치고 있는 대좌의 아래쪽을 유심히 살펴보았다.

그러자 신기한 일이 생겨났다.

대좌 아래쪽이 위치한 주실의 바닥이 서서히 흔들리기 시작했다.

'저곳이다.'

진혁은 희미하게 미소를 지었다.

그리고는 본존불에게 간청했다.

"저곳에 들어가게 해주십시오."

"……"

본존불의 석상은 여전히 아무런 미동도 없었다.

진혁은 애가 탔다.

그때 제석천이 진혁의 옆으로 다가섰다.

"네 뜻이 그렇다면 본존불께서 허한다고 하셨다. 하지만 너의 생명은 책임질 수가 없다. 그들은 이곳에 허락을 받지 않고 무단으로 들어왔기 때문이다. 그런 자들을 구하기 위해서 뛰어든 것은 너의 결정이다. 그래도 가겠는가?"

제석천이 옆에서 본존불의 뜻을 받아서 진혁에게 말했다.

"저곳에서 죽게 되더라도 원망하지 않겠습니다."

진혁이 굳은 결의를 다지면서 말했다.

"좋다. 가거라!"

제석천이 말했다.

동시에 주실의 바닥뿐만 아니라 모든 벽들이 흔들거리기 시작했다.

진혁은 눈앞의 본존불 조차 점점 이그러지는게 보였다.

'뭐지?'

그는 눈을 크게 뜨고 주실 안의 모든 것을 보려고 했다. 하지만 이내 몸이 휘청거렸다.

중심을 잡을 수가 없었다.

아니 몸뿐만 아니라 정신도 마찬가지였다.

후두두둑.

후둑.

무언가 쏟아져 그의 몸을 덮치는 기분이었다.

'여기가 어디지?'

진혁은 이내 정신을 차렸다.

사방이 컴컴했다.

"교수님, 어디에 계십니까!"

진혁은 일부러 큰 소리를 냈다.

분명 이곳 어딘가에 박술남 교수가 있을 것이었다.

그때 멀리서 희미한 신음소리가 났다.

'라이트닝!'

진혁은 마법을 시현했다.

사방이 환해지는 동시에 진혁과 불과 50m도 떨어지지 않은 곳에 다섯 사람의 모습이 보였다.

박술남 교수의 일행이었다.

"교수님!"

진혁은 그들을 향해서 달려갔다.

그들 모두 의식이 거의 없어 보였다.

"교수님, 정신 차리십시오!"

진혁은 박술남 교수와 나머지 탐사팀 일행에게 자신의 마나를 주입하기 시작했다.

으으윽.

으음.

곧 이들의 입에서 신음소리가 터져 나왔다.

서서히 의식이 돌아오고 있었다.

진혁이 주입한 마나 덕이었다.

"자, 자네는……."

박술남 교수가 눈앞의 진혁을 보면서 말했다.

'거의 의식이 돌아왔군.'

진혁은 자신을 알아보는 교수의 말에 안심이 되었다.

"최진혁입니다."

"진혁군… 어떻게?"

박술남 교수가 상체를 일으키려고 하면서 말했다. 진혁
은 교수를 부축했다.

"경주에 사업차 왔다가 석굴암에 들어오게 되었습니
다."

"저런… 지현이가 말했군."

박술남 교수는 이내 그의 말을 알아차리고는 고개를 끄
덕였다.

자신들이 이곳으로 갔다가 행방불명이란 소리를 그의
딸 박지현이 한 것이 분명했다.

그렇지 않고 진혁이 이곳으로 올 일이 없었다.

"이상하군. 자네가 오니 이곳이 환해졌어."

옆에서 이청남 교수가 의식을 찾았는지 고개를 갸웃거
리면서 말했다.

진혁이 설마 마법으로 이곳에 불을 밝혔을 거라고는 생
각지 못했다.

어쨌거나 이청남 교수는 정신을 차린 후에 제일 먼저 하는 질문이 진혁이 이곳에 어떻게 들어 왔는지 였다.

깐깐하고 의심 많은 그의 성격이 고스란히 엿보였다.

"자네는 어떻게 들어왔는가?"

그는 진혁을 보면서 물었다.

이청남 교수는 학자답게 결코 그냥 넘어가는 법이 없었다.

일단 외모 자체도 꼬장꼬장하게 생긴 학자였다.

170cm가 겨우 될까 말까한 키에 깡마른 체격하며 60대를 넘긴 노장의 학자였다.

"사실 이곳에 가셨다가 연락이 두절되었다는 소식을 듣고 저도 밤에 호기심으로 들어왔습니다."

진혁은 사실 그대로 말했다.

그의 말이 틀린 것은 아니었다.

"자네 호기심이 명을 재촉했군."

이청남 교수는 혀를 차면서 말했다.

진혁은 자신의 주변을 둘러싸고 있는 연구원들의 얼굴을 한명씩 쳐다보았다.

그들 역시 자신을 안타깝게 보는 눈치였다.

이들은 이미 자신들이 이곳에서 살아 나갈 것이란 생각을 하지 않고 있는 듯 했다.

"남아있는 연구팀이 곧 정부에 신고하지 않을 까요?"

진혁은 조심스럽게 질문을 던졌다.

사실 그는 연구팀이 일주일이나 행방불명이 된 탐사팀에 대해서 함구하고 있는지 궁금하던 차였기 때문이었다.

"열흘은 돼야 신고할 텐데."

박술남 교수가 말했다.

"열흘 말입니까?"

진혁이 되물었다.

의아한 표정을 잔뜩 짓고 말이었다.

"그, 그게…. 애초에 이곳에 들어왔을 때 무슨 일이 일어날 것이라고 짐작했었네. 혹시나 연락이 두절돼도 열흘 정도는 잠잠코 있으라고 당부했지."

박술남 교수가 겸연쩍다는 표정을 지었다.

그의 얼굴은 어느새 후회 감으로 가득 찼다.

처음 이곳에 들어왔을 때 호기로웠던 학자의 열정은 이미 사그라지고 없었다.

그저 이곳에서 죽음을 기다리는 사람의 모습이었다.

"벌써 일주일이 흘렀습니다."

진혁이 말했다.

"사흘 남았군. 그 안에 우리가 살아나갈 수가 있을지. 그리고 정부에서 신고를 받고 석굴암에 출동을 했다고 해도 우리를 발견하란 보장도 없지."

이청남 교수가 찬물을 끼얹는 발언을 했다.

그는 학자 치고 꽤 현실적인 사람인 듯 싶었다.

순식간에 주위가 조용해졌다.

모두가 알고 있는 현실이기 때문이었다.

"무슨 소리입니까? 반드시 살아 나갈 겁니다."

진혁이 자신의 목소리에 힘을 주어 말했다.

이들을 격려하고 용기를 되찾게 하고 싶었기 때문이었다.

"무엇 때문에 이곳으로 오신 겁니까?"

진혁이 박술남 교수에게 질문했다.

그것이 이곳을 빠져나가는데 단서가 되어줄 것이라고 생각했기 때문이었다.

"음, 자네도 여기까지 오게 되었으니 말해주겠네."

박술남 교수가 입을 떼면서 이청남 교수의 눈치를 살폈다.

아무래도 이번 경주발굴 팀의 수장이 고고학자인 이청남 교수이기 때문인 듯 싶었다.

이청남 교수가 고개를 끄덕였다.

진혁이 여기까지 왔는데 굳이 숨길 이유가 없었다. 아니 살아나갈 희망을 애초에 버렸기 때문에 진혁이 나중 비밀을 토로할 수 없다고 여기는 듯 싶었다.

"이것을 발견했네."

박술남 교수가 품안에서 작은 물건 하나를 내놓았다.

'이것은!'

진혁은 그 물건이 무엇인지 알아보았다.

판테온의 것.

아니 그 이상의 것이었다.

판테온에서 전설로 내려져 오는 고대의 나라중, 은의 시대에 만들어진 아티팩트였다.

언뜻보면 여자들이 가지고 다니는 동그랗고 작은 거울처럼 보였다.

하지만 뚜껑을 열고 일정의 주문을 외면 주변에 감추어진 비밀의 문 혹은 차원의 문이 열리게 된다.

마법진에 의해서 갇혔을 때 유용한 고대 아티팩트였다.

또한 그것뿐이 아니었다.

마치 방향을 가리키는 나침반처럼 특별한 힘을 감지하는 능력이 있었다.

힘을 감지하는 능력은 단순하게 거울의 뚜껑을 여는 것만으로도 가능했다.

이것의 사용법을 제대로 모르는 박술남 교수의 일행에게는 이런 아티팩트의 힘이 오히려 죽음을 재촉한 셈이었다.

"이것을 우연히 석굴암 뒤쪽을 파다가 발견했었네. 이 위에 새겨진 문양이 중국의 장검에 새겨졌던 문양과 비슷해서 바로 알아보았네."

박술남 교수가 설명했다.

그는 작은 거울처럼 보이는 그것이 예삿 물건이 아닐 것이라고 짐작을 했다.

그래서 그것을 들고 석굴암 여기 저기를 다녔다. 그런데 뚜껑을 열자 석굴암 내부에서 무언가 그것을 당기는 힘이 느껴졌다.

마치 석굴암 안쪽의 무언가가 작은 거울을 당기는 것처럼 느껴졌다.

이들은 곧 석굴암 내부를 탐사할 팀을 꾸렸다.

하지만 이 일이 현대 지구에서 절대 설명할 수 있는 일은 아니었다.

그렇기 때문에 그들에게 어떤 일이 닥칠지 알지 못했다. 또한 섣부른 행동에 다 된 밥에 코를 빠트릴 수도 있는 일이었다. 그래서 잔존한 연구팀에게 무슨 일이 생겨도 열흘을 기다리라고 한 것이었다.

혹시나 있을지 모르는 석굴암 내부의 비밀을 발견할 수 있을 거라는 희망과 함께 말이었다.

확실히 석굴암이 간직한 비밀을 발견한 셈이었다.

작은 거울의 뚜껑을 열고 석굴암 이 곳 저 곳을 대보고 있는데 본존불을 받치고 있는 대좌가 갑자기 갈라지는 것이 보였다.

그리고나서 순식간에 이들은 이곳으로 옮겨졌다.

이들은 자신들이 대좌 아래에 있는 비밀동굴에 떨어졌을

거라고 생각하고 있었다.

'그렇게 된 것이군.'

진혁은 박술남 교수의 설명을 다 듣고 나서 고개를 끄덕였다.

"걱정 마십시오. 이것만 있다면 나갈 길은 찾을 수가 있습니다."

진혁이 박술남 교수가 들고 있는 뚜껑달린 동그란 거울을 가리켰다.

하지만 박술남 교수는 머리를 저었다.

"우리도 처음엔 여기에 왔을 때 이것을 들고 이것저것 갖다 대보았네. 하지만 소용이 없었지."

'물론 그러실 겁니다.'

진혁은 박술남 교수의 말에 속으로 말했다.

아티팩트에 새겨진 주문을 외우지 않고서는 출구를 찾기 어렵기 때문이었다.

"혹시 이곳에서 무엇을 찾으셨습니까?"

진혁은 조심스럽게 물었다.

지금 박술남 교수가 들고 있는 아티팩트의 주문을 실행하면 분명 출구로 향하는 문을 찾을 수가 있게 된다.

하지만 그렇게 되면 이곳까지 와서 정작 찾고자 하는 것을 찾지 못하고 돌아가게 되는 것이었다.

더구나 진혁이라고 해도 다시 이곳에 들어올 수 있다는

보장이 전혀 없었다.

진혁으로서는 이대로 되돌아가기가 너무 아쉬웠다.

하지만 그렇다고 박술남 일행을 이대로 내버려둘 수는 없었다.

진혁의 마나로 응급처치를 했지만 이들 다수는 저체온에, 심각한 탈수증상까지 있었다.

게다가 진혁의 마나도 한계가 있었다.

이청남 교수가 진혁의 질문에 대신 고개를 저었다.

"아니네. 이곳은 마치 감옥처럼 느껴지더군."

"……."

진혁은 이청남 교수의 말에 고개를 끄덕이면서 주위를 훑어보았다.

그 제서야 진혁은 자신이 놓친 것이 있음을 깨달았다.

박술남 교수의 일행을 찾아서 이런저런 얘기를 듣느라 미처 이곳의 특징을 간파하지 못했다는 것을 깨달았다.

이청남 교수의 말처럼 이곳은 감옥처럼 주위가 폐쇄되어 있었다.

'허락 없이 온 자들을 감금하는 곳인가.'

진혁은 잠시 생각에 잠겼다.

당장이라도 아티팩트를 이용해 주문을 열고 싶은 충동이 있었지만 일단은 정황을 고려해야 했다.

만약 이곳이 감옥의 역할을 한다면 아티팩트의 주문

으로 출구만 나오는 것이 절대 아닐 것이기 때문이었다.

혹시라도 태백산 구을단에서 겪었던 그런 일이 발생한다면 그 자신은 둘째치고라도 박술남 교수의 일행이 보일 반응이 상상이 가기 때문이었다.

그역시도 스켈레톤이나 골렘들은 더 이상 만나고 싶지 않았다.

"무슨 좋은 방법이 있는가?"

박술남 교수가 진혁을 보면서 물었다.

진혁이 오고부터 어둡기만 한 이곳이 이상하게 밝아졌다. 처음 탐사팀이 준비한 후레쉬 등도 이틀이 못가 전부 꺼져버렸는데 말이었다.

게다가 이상하게 몸에서 기운이 일기 시작했다.

그래서 그런지 박술남 교수는 어느새 진혁을 의지하고 있었다.

"일단 아티팩트를 잠깐 빌려주시겠습니까?"

진혁이 박술남 교수가 들고 있는 아티팩트를 보면서 말했다.

"아티팩트?"

박술남 교수가 진혁의 말에 의아한 표정을 지었다.

'아차.'

진혁은 박술남 교수의 일행들이 자신을 의아한 표정으로 쳐다보고 있음을 깨달았다.

아무래도 이들에게 아티팩트란 단어에 대해서 적당하게 설명해야 할 필요성이 있어 보였다.

"그게… 제가 한때 서양의 백마법에도 흥미를 가졌었습니다. 그곳에서는 이런 신기한 물건들을 아티팩트라고 불렀습니다."

"아……."

박술남 교수와 이청남 교수가 동시에 고개를 끄덕였다. 학자로서 솔직히 백마법이니 이런 것에는 관심이 없다. 하지만 그들이 발견한 이 물건에는 확실히 현실적으로 이해할 수 없는 힘이 있다는 것을 느낄 수기 있었기 때문이었다.

"사실 제가 보기에는 무슨 마법 이런 것은 아니고, 혹시 고대의 어떤 과학적인 힘이 있는 물건 아닐까하고 추측이 됩니다. 인간이 현존하는 시대 이전의 또 다른 시대 같은 것 말입니다."

진혁은 대충 생각나는 대로 말했다.

하지만 그의 말이 아주 일리가 없는 것은 아니었다.

"흠, 자네는 레뮤리아나 아틸란티스… 이런 전설의 고대문명 물건으로 본다 이거지?"

이청남 교수가 흥미를 내비치며 말했다.

고고학자인 만큼 이런 부분에 있어서 다른 학자들보다 수용의 폭이 넓었다.

물론 박술남 교수도 개인적으로는 환국의 시대가 한반도에 있었을 거라고 믿는 사람들 중 하나였다. 그런 만큼 처음 이 아티팩트를 보았을 때 현 시대에는 비 현실적인 힘이라도 고대의 발전된 과학으로 충분히 이런 것이 있을 수 있지 않을까 하는 추측을 하고 있었다.

그들은 진혁이 아티팩트라고 부르는 물건을 신중한 눈빛으로 바라보았다.

그들뿐 아니라 따라온 세 명의 연구원들도 마찬가지였다.

연구원들의 경우 이제 20대 후반, 30대 초반들이었다. 그런만큼 이곳을 살아나가기를 갈망하고 있었다. 아직 이 대로 이곳에서 죽기에는 너무나도 억울한 나이였다.

진혁이 등장하기 전까지는 죽음을 각오하고 죽기만을 기다리던 이들이었다.

하지만 진혁의 등장과 함께 이들의 눈빛이 달라지고 있었다.

삶에 대한 갈망이었다.

지푸라기도 잡는 심정과 같았다.

그들은 진혁의 말에 격하게 고개를 끄덕이고 있었다.

"흔히 말하는 고대의 아티팩트가 맞다면 이 문양에 씌어진 일종의 주문이 우리에게 문을 열어줄 것입니다."

진혁이 솔직하게 이들에게 말하기 시작했다.

군이 자신이 마법사라고 밝힐 필요가 없이 이야기가 잘 진행되고 있었기 때문이었다.

"정, 정말인가?"

누구라고 할 것도 없이 연구원들의 입에서 환호성에 가까운 말이 터져 나왔다.

"제가 보기엔 룬문자에 가까워 보입니다. 시도의 가치는 있습니다."

진혁은 진지한 표정을 지으면서 계속 말했다.

다들 진혁의 입모양만을 쳐다보고 있었다.

"다만 문이 열린다고 히더라도 어느 문이 열리게 되는지는 알 수가 없습니다."

진혁이 다소 미안한 표정을 지으면서 말했다.

"무슨 뜻인가?"

박술남 교수가 질문했다.

"이곳이 감옥과도 같다고 아까 말씀하시지 않았습니까?"

그렇다면 출구도 있겠지만…… 또 다른 함정과 연결되어 있을 수도 있습니다.

"진혁은 자신을 쳐다보는 10개의 눈동자의 시선을 느끼면서 말했다.

일순 망설이는 빛들이 그들의 얼굴에서 일었다.

"그렇긴 하겠네. 하지만 난 이곳을 나갈 수만 있다면 시도해볼 가치가 있다고 생각하네."

이청남 교수가 단호하게 말했다.

"좀 더 신중해야하지 않을까요?"

고고학 연구원인 유희철이 불쑥 나서면서 말했다.

"저도……."

또다른 연구원이 조그마한 목소리로 이청남 교수의 눈치를 보면서 말했다.

아무래도 자신들의 교수인 이청남에게 반기를 드는 것은 쉽지 않은 일이었다.

하지만 목숨이 걸린 일에 무조건 이청남 교수가 하자는 대로 할 수는 없었다.

애초에 무모한 시도를 했다가 지금 이런 꼴을 당하지 않았던가.

일순 주변의 분위기는 싸늘해지기 시작했다.

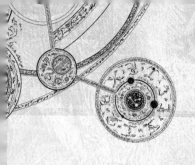

Return
of the Meister

NEO MODERN FANTASY STORY

4. 새로운 세계

4. 새로운 세계

"자네들은 용기도 없나!"

이청남 교수가 눈살을 찌푸리면서 말했다.

"교수님, 용기의 문제가 아니라고 봅니다."

유희철이 다소 망설이면서도 자신의 의사를 밝혔다.

"그러면 무엇이 문제인가?"

"무작정 이곳을 벗어나기 위해서 멋도 모르고 엉뚱한 주문을 외웠다가 자칫 더 위험한 화를 당하기 십상입니다."

"저도 그렇게 생각합니다."

유희철의 말에 아까 찬성을 했던 또 다른 연구원 백호명이 옆에서 거들었다.

"교수님, 무작정 반대가 아닙니다. 좀 더 생각해보자는 겁니다. 이것이 마법 주문이거나 무언가 이것을 작동시키는 장치인지 확실하게 알아내고 난 다음 행동해야 하지 않겠습니까?"

그때까지 조용하게 있던 나머지 연구원, 최대인이 이들에게 합세해 말했다.

"음⋯⋯."

이청남 교수는 신음소리를 냈다.

제자 셋이 일제히 반대를 하고 나섰으니 무조건 진혁에게 주문을 외우라고 고집할 수는 없었다.

진혁도 연구원들의 심정은 이해가 되었다.

지금 자신도 어떤 문이 열리게 될지 확신할 수 없는 상황이다 보니 더욱 그랬다.

"여보게들."

박술남 교수가 이 광경을 보고 입을 열었다.

"우리가 벌써 이곳에 이렇게 있은 지 일주일째야. 지금 진혁군이 한 말 이외에는 그동안 우리가 이곳에서 알아낸 것이 있는가?"

"⋯⋯."

박술남 교수의 말에 연구원 셋은 꿀먹은 벙어리가 된 것처럼 말이 없었다.

교수의 말이 맞기 때문이었다.

"어차피 진혁군이 오지 않았더라면 우리는 이대로 죽었을 지도 모르네. 이왕 이렇게 된 거 죽은 목숨이라고 치고 시도해 보는 게 어떨까?"

박술남 교수가 연구원들에게 부드러운 어조로 말했다.

확실히 사람을 설득하는데 있어서는 이청남 교수보다는 박술남 교수가 훨씬 나았다.

연구원 세 명은 서로의 얼굴을 쳐다보았다.

끄덕끄덕.

백호명이 먼저 머리를 끄덕였다.

그러자 나머지 최재인과 류희철도 한숨을 쉬면서 고개를 끄덕였다.

사실 이청남 교수에게 반기를 들긴 했지만 이들로서도 딱히 다른 방법이 없는 것은 매한가지 였다.

그 광경을 이청남 교수가 얼굴을 찌푸린 채로 쳐다보았다.

단단히 화가 난 모양이었다.

이럴 때의 이청남 교수는 전형적인 권위적인 학자였다.

제자들에게는 다소 엄격하고 무조건 나를 따르라는 식의 태도를 보였다.

그런데 자신의 제자들이 자신의 말에는 반기를 들더니 박술남 교수의 몇 마디에 저렇게 고개를 끄덕이니 기분이 나쁠 수밖에 없었다.

하지만 그것도 여기서 살아나가고 보는 것이 더 중요했다.

지금은 이청남 교수의 기분이 어떤가는 전혀 중요하지 않았다.

"자네가 보기에는 이게 확실히 룬문자 같은가?"

박술남 교수가 아티팩트를 진혁에게 건네주면서 물었다.

"자세한 것은 좀 살펴봐야겠지만 비슷한 듯 싶습니다."

진혁이 조심스럽게 대답했다.

"부디 자네가 아는 것이었으면 좋겠군."

박술남 교수가 말했다.

그의 눈에는 삶에 대한 갈망이 다시 불타오르고 있었다.

그럴 수밖에 없었다.

그에게는 이제 시집가야할 큰딸과 이제 막 고등학교에 입학한 둘째딸이 있었다.

자신만 훌쩍 이 세상을 떠나면 그만인 상황이 절대 아니었다.

박술남 교수의 아내는 10년 전에 병으로 죽고 그 혼자서 두 딸을 키워오지 않았던가.

박술남 교수가 고고학에 흥미가 있었으면서도 고고학이 아닌 역사학을 선택한 것도 두 딸들 때문이었다.

어린 딸들을 제쳐두고 맨날 유물 발굴이나 탐사에 여행이나 시간을 쏟기에는 형편상 어려웠기 때문이었다.

결국 중국에서 발견된 장검 때문에 기어코 고고학자와

손을 잡고 발굴에 나선 것이 지금 그를 죽음의 구렁텅이에 몰아넣은 셈이 되었다.

박술남 교수는 할 수만 있다면 다시 일주일 전으로 돌아가고 싶었다.

그런 만큼 그는 젊은 연구원들의 마음도 심충 이해할 수가 있었다.

"우리의 목숨이라고 생각하게 해보게."

박술남 교수가 진혁에게 마지막 한마디를 보태는 것을 잊지 않았다.

교수 만큼 나머지 세 명의 연구원도, 심지어 살만큼 살았다고 생각하던 이청남 교수의 얼굴에도 삶에 대한 희망이 피어오르고 있었다.

"명심하겠습니다."

진혁은 조심스럽게 대답했다.

이들의 마음을 읽었기 때문이었다.

진혁은 일부러 아티팩트, 뚜껑에 씌어진 마법 주문을 고개를 갸우뚱 거리면서 시간을 끌었다.

혹시라도 나중에 자신을 의심할까 염려에서였다.

'확실히 출구라고 적혀있는 것은 없군.'

진혁은 다소 낭패스런 표정을 지었다.

아쉽게도 아티팩트의 뚜껑에는 단지 문의 주문만이 걸려 있었다.

하지만 언제까지 이렇게 시간을 끌 수는 없었다. 일단은 문을 열어보기로 했다.

진혁은 박술남 일행과 다소 떨어진 곳으로 향했다.

'이정도 거리면 되겠지.'

그는 박술남 일행과 충분히 거리를 두고 바닥에 주저앉았다.

혹시나 있을지 모르는 위험에 가급적 이들을 보호하고 싶기 때문이었다.

진혁은 조심스럽게 마법주문을 외우기 시작했다.

진혁의 모습을 박술남 일행은 초조하게 지켜보았다.

그중 박술남 교수와 이청남 교수의 눈빛은 매우 예리하게 빛나고 있었다.

그들은 진혁에게서 느껴지는, 설명할 수 없는 그것이 처음 아티팩트를 발견했을 때 느꼈던 기분과 동일하다는 것을 깨달았다.

하지만 정작 진혁은 이들이 자신을 어떻게 보는지 생각지 못했다.

오로지 마법 주문에만 신경을 써야했기 때문이었다.

최대한 안전한 문이 열리기를 바라면서 말이었다.

"너의 문을 보여다오!"

진혁이 마지막 마법주문을 외우고는 아티팩트를 허공에 던졌다.

그순간 허공에 치솟아 올라간 아티팩트에서 엄청난 빛이 뿜어져 나오기 시작했다.

그 장면을 목격한 박술남 일행이 경악한 것은 당연했다.

지구에 사는 이들로서는 이런 일은 만화나, 영화에서나 가능한 것들로 여겼기 때문이었다.

어쨌든 아티팩트에서 흘러나오는 빛이 얼마나 밝은지 점점 주변은 환한 빛으로 가득차기 시작했다.

심지어 눈이 부셔서 제대로 뜨고 있을 수가 없었다.

박술남 일행뿐 아니라 진혁도 마찬가지였다.

'어떻게 된 거지?'

진혁은 내심 걱정이 되기 시작했다.

화아아아악!

빛으로 가득 찬 공간이 갑자기 폭발하는 것처럼 느껴졌다. 심지어 이 공간에 갇혀있던 이들조차 자신의 몸이 그대로 공중분해 되는 느낌마저 들었다.

물론 고통을 느끼거나 하는 것은 아니었다.

참으로 기이한 경험이었다.

진혁은 이 와중에서도 박술남 일행이 걱정되었다.

❖

새로운 정적이 감돌았다.

진혁은 머리가 깨질 듯한 고통이 밀려오는 것을 느꼈다.

하지만 이내 고통은 사그라 들었다.

그리고는 신기하리만큼 정신이 맑아지는 것이 느껴졌다.

'여기가 어디지?'

진혁은 주위를 돌아보았다.

아무도 없다.

그저 환하기만 했다.

그때 어디선가 새소리가 났다.

짹. 짹. 짹.

진혁은 소리가 들리는 방향으로 고개를 돌렸다.

하얗고 자그마한 새가 진혁에게 날아오는 게 아닌가!

진혁은 자신도 모르게 손가락을 내밀었다.

그러나 새는 진혁의 앞을 빙빙 돌뿐이었다.

'따라오라는 건가?'

진혁은 고개를 끄덕였다.

짹짹.

새는 진혁의 심중을 알았다는 듯이 날개 짓을 크게 했다.

그리고는 힘차게 위로 날아올랐다.

'위로 따라오라고?'

진혁은 곧 플라이 마법을 시현했다.

적어도 저 새는 진혁이 날 수 있다는 것을 알고 있는 셈
이었다.

막연하게 하얀 공간이라고만 생각했던 그곳이 위로는 한없이 뚫려 있었다.

휘이익.

휙.

그렇게 한참동안 진혁은 새와 함께 위로 날아올랐다.

얼마나 날았는지 모르겠다.

이윽고 새가 날기를 멈추었다.

진혁은 그런 새의 모습이 의아했다.

그래서 위로 손을 뻗어 보았다.

탕.

그의 머리 위로 무언가 막아있는 것이 느껴졌다.

진혁은 전신의 힘을 모아 그것을 밀어냈다.

스르륵.

생각보다 어렵지 않게 그것이 열렸다.

짹짹.

그것이 열리자 새가 먼저 힘차게 빠져나가기 시작했다.

진혁도 따라 그곳위로 올라섰다.

'아니!'

진혁은 자신의 눈을 의심했다.

그의 눈앞에는 끝없는 숲이 펼쳐져 있었다.

하지만 자세히 살펴보니 단순히 숲만 있는 것이 아니었다.

크고 작은 건물들도 있었다.

그러나 지구에서 흔히 볼 수 있는 그런 건물이 절대 아니었다.

매우 특이하고 기이한 구조의 건물들이었다.

일직선으로 하늘을 향해 뻗은 건물이 하나도 없었다.

모든 것들이 마치 자연 속에 담겨진 것처럼 지극히 주변 경관을 해치지 않고 어우러지게 만들어져있었다.

'이럴 수도 있구나.'

진혁은 자신도 모르게 고개를 끄덕였다.

어떤 건물은 나무의 느낌이.

어떤 건물은 꽃의 느낌이 들 지경이었다.

건물 하나 하나가 나무요 꽃이요 나비이며 사슴이었다.

즉, 자연을 이루는 하나하나의 요소들을 표현해내고 있었다.

진혁은 자신이 나온 곳을 바라보았다.

이곳으로 치자면 땅 밑인 셈이었다.

'내가 저곳에서 나온 거군.'

진혁은 눈을 들어 자신을 이곳으로 인도한 새에게 감사 인사로 고개를 끄덕였다.

짹짹.

새가 진혁의 머리주변을 날아다니기 시작했다.

무척 즐거워하는 느낌이 들었다.

이윽고 새는 날기를 멈추고 근처의 나무에게 다가가서 나뭇가지위에 살포시 앉았다.

짹짹짹.

마치 진혁에게 이리로 와서 이것을 보라고 하는 듯했다.

진혁은 새의 소리에 이끌려 걸었다.

나무마다 이름을 알 수 없는 과일들이 열려 있었다. 진혁은 계룡산에서 엘그라시아를 만났을 때와 숲속의 광경이나 과일들이 유사함을 깨달았다.

툭.

진혁은 손을 뻗어 과일을 하나 땄다.

주웁.

그가 과일을 한입 베어 물자 입안으로 달콤한 향이 가득 찼다. 그리고 예상대로 그의 몸 안에서 마나가 활기차게 감돌았다.

'판테온과 지구는 애초에 하나였던가?'

진혁의 뇌리로 스치는 생각이었다.

엘그라시아, 즉 지구의 세계수가 계룡산에서 보여주었던 주변 광경은 절대 우연히 아니었다.

어쩌면 과거, 현재, 미래를 초월하는 존재로서 진혁에게 미리 이것을 보여주고 싶었는지도 모른다.

진혁은 엘그라시아가 자신에게 그렇게 속삭이는 것만 같았다.

피이잉.

화살이 진혁의 귀를 아슬아슬 스쳐지나갔다.

진혁은 자신도 모르게 화살이 날아온 방향을 향해서 몸을 날렸다.

"워터 랜스!"

동시에 그는 마법을 시현했다.

그러자 그의 손바닥이 향한 곳에 물로 만들어진 창이 쏟아져 나왔다.

아아악!

어디선가 여자아이의 비명이 흘러 나왔다.

진혁은 마법 시현을 중단하고 비명이 흘러나온 쪽을 향해서 갔다.

판테온에서 만났다면 하이엘프라고 생각했을 존재였다.

그런 존재를 이곳에서 보니 진혁으로서는 신기할 따름이었다.

일단 판테온의 하이엘프와 외모가 거의 흡사했다.

두 귀가 쫑긋하게 위로 치켜져있다.

그리고 눈부시게 빛나는 황금빛 머리카락에 하얀도자기 같은 피부색깔은 분명 하이엘프의 특징이었다.

다만 판테온에서의 하이엘프가 창백하게 생긴 외모라면 이곳의 하이엘프는 생명력이 넘쳐 흘렀다.

대충 6, 7세쯤 되어보이는 꼬마 하이엘프였다.

하지만 그렇게 보인다고 해서 실제로 6, 7세는 절대 아닐 것이었다.

하이엘프는 일단 엘프 들보다도 더 성장이 느렸다. 보통 엘프들이 인간들보다 6배 정도 성장이 느리다면 하이엘프는 10배 이상이었다.

진혁이 판테온에서 만난 하이엘프는 10배 정도의 느리게 성장했다.

하지만 그들 사이에서도 가장 순수하고 정화로운, 신의 영역에 가까운 하이엘프는 15배, 20배까지도 성장이 느리다고 했다.

그런 하이엘프는 아예 판테온에서조차 인간들에게 모습을 보이지 않는다고 알려져 있었다.

마치 고대의 은나라처럼 그런 존재들은 신화에서만 등장했다.

"칫."

꼬마 하이엘프는 진혁이 날린 워터 랜스에 당했는지 입고 있는 옷이 젖어 있었다.

"미안."

진혁이 말했다.

그러면서 그는 내심 워터 랜스 마법을 시현한 것을 다행으로 생각했다.

그것도 4서클의 워터 랜스가 아니라 2서클 정도의 마력이 실린 워터 랜스였다.

이정도의 워터 랜스 공격에는 당한 상대의 옷만 좀 젖을 뿐이었다.

"넌 누구야!"

꼬마 하이엘프의 목소리는 맹랑하기 짝이 없었다.

"최진혁."

진혁이 부드럽게 말했다.

"감히 인간이 나에게 반말을 하다니 용서할 수가 없다!"

꼬마 하이엘프는 방금 자신이 진혁에게 당한 것도 잊었나 보다.

옆구리에 찬 앙증맞고 자그마한 칼을 꺼내었다.

"그걸로 날 베려고?"

진혁이 어이없다는 표정을 지었다.

쉬익.

꼬마 하이엘프는 겁 없이 칼을 휘둘렀다.

'이크.'

진혁은 깜짝놀라 뒤로 한걸음 물러섰다.

자그마한 칼이라고 얕보았는데 대단한 위력을 가지고 있었다.

칼에 직접 스친것도 아니고 살짝 그 주변을 스쳤는데도 불구하고 진혁의 옷 소매부근이 예리하게 베어나가져 있었다.

진혁은 자신도 모르게 입을 딱 벌렸다.

판테온에서 보자면 상급 익스퍼런트가 되어야 보일 수 있는 일종의 검기 같은 것이었다.

이렇게 자그마한 6,7세 꼬마가 휘두르는 칼에 검기가 발생하다니.

그것도 칼 부근에 그 어떤 색깔이나 하다못해 투명한 막이라도 출렁거림이 없었다.

그랬다면 진혁 자신이 알았을 것이었다.

"흥, 꼬마라고 얕봤지?"

꼬마 하이엘프는 의기양양한 표정을 지었다.

"그랬네."

진혁은 솔직하게 시인했다.

꼬마 하이엘프는 진혁의 말에 눈을 동그랗게 뜨면서 말했다.

"인간은 원래 거짓말쟁이 아니야? 자기 잘못은 전혀 인정하지 않고 말이야! 그런데 넌 왜 그래?"

"뭘?"

진혁이 오히려 되물었다.

"왜 네 잘못을 시인하냐고?"

꼬마 하이엘프가 따졌다.

"인간이 그런 존재야?"

진혁이 오히려 되물었다.

이곳에서 인간은 어떤 모습으로 살아가는지 궁금했다. 이처럼 자연친화적인 건물을 세울 정도의 인간이 하이엘프에게 이토록 신뢰받고 있지 못하다는 것은 정말 의외였다.

"난 몰라."

꼬마 하이엘프가 말했다.

"왜?"

진혁이 의아한 표정을 지었다.

"인간을 본적이 없어. 아니 인간은 이제 더 이상 이곳에 존재하지 않아."

꼬마 하이엘프가 살짝 아쉬운 표정을 지으면서 말했다.

"존재하지 않아?"

진혁이 놀라면서 질문했다.

그때, 부스럭 거리는 소리가 들려왔다.

"에나, 이리오렴."

다정하고 부드러운 목소리였다.

진혁은 뒤를 돌아보았다.

"언니!"

꼬마 하이엘프가 진혁의 등 뒤쪽에 나타난 존재에게 달려갔다.

진혁은 자신도 모르게 그 존재를 보고 심장이 두근거렸다.

진혁은 새로이 등장한 하이엘프를 넋을 놓고 쳐다보았다.

천상의 선녀가 따로 없었다.

이미 꼬마 하이엘프를 통해서 이곳의 하이엘프가 얼마나 아름다울지 짐작은 했다.

그런데 정말이지 직접 봐도 믿기지 않을 정도로 너무도 아름다웠다.

햇빛을 받아 눈부시게 반짝이는 황금 머리카락은 구불구불하고 길게 엉덩이 쪽까지 살짝 덮었다.

히안 도자기 피부에 커다란 왕방울 같은 눈은 짙은 눈썹에 더욱 눈을 강조해보였다.

오똑 솟은 콧날이며 살짝 알맞게 부풀어 오른 빨간 입술은 앵두보다 더 탐스럽게 보였다.

게다가 얼굴은 청순하고 아름답기 그지없는데 몸매는 육감적인 완벽한 바디라인을 그리고 있었다.

판테온에서도 엘프, 하이엘프 등을 숱하게 본 그였다. 하지만 지금 이곳의 하이엘프와 비교를 하면 천양지차였다.

단순히 외모만 뛰어난 것이 아니었다.

그 주변에 흐르는 기운은 정말 선녀의 그것과도 같았다. 물론 진혁이 선녀나 신을 직접 본 것은 아니었다.

단순히 꼬마 하이엘프를 부르면서 서있음에도 불구하고 주변의 공기가 그녀로 인해서 변해있는 것 같았다.

"제 이름은 에르예요. 에나의 언니죠."

진혁이 넋을 잃고 서있자 에르가 먼저 인사를 건넸다.

"아…… 최, 최진혁입니다."

진혁은 당황했다.

"언니가 너무 이뻐서 이 인간이 헤벌레 하네."

에나라고 불린 꼬마 하이엘프가 입을 삐죽 내밀었다.

"죄, 죄송합니다."

그 제서야 진혁은 이성을 찾고서 뒤통수를 긁으면서 말했다.

진심으로 무안했다.

"괜찮아요. 저도 처음 본 인간이라 넋을 놓고 보았는데요."

에르가 살짝 웃으면서 말했다.

진혁을 배려한 말이었다.

그 모습이 또 너무도 아름다웠다.

진혁의 심장이 거세게 뛸 정도였다.

'내가 원래 이런 인간인가?'

진혁 자신이 스스로를 혐오스럽게 느껴질 정도로 에르의 미모에 한순간에 빠졌다.

피식.

그는 자신도 모르게 헛웃음이 나왔다.

'처음 본 인간?'

진혁은 그 제서야 에르의 말에서 자신이 간과한 내용을 깨달았다.

에나도 그렇고 에르도 인간을 처음 보았다고 하고 있었다.

이것은 매우 중요한 것이었다.

"인간을 처음 보았다는 게 무슨 뜻입니까? 이곳에 인간이 살고 있지 않나요?"

진혁은 눈앞에 펼쳐져 있는 건물을 손가락으로 가리키면서 물었다.

에르는 진혁의 질문에 잠시 생각에 잠긴 듯 했다.

진혁은 초조했다.

에르의 결정을 기다리는 수밖에 없었다.

이윽고 에나가 진혁을 보면서 입을 열었다.

"정말 궁금하신가요?"

에르가 진혁에게 물었다.

"제가 일행들과 함께 있었는데 어떻게 하다 보니 혼자 떨어졌습니다. 일행을 찾기 위해서라도 꼭 알아야겠습니다."

"당신 외에 다른 인간의 기척은 이곳에 없었어요."

에르가 미소를 지으면서 말했다.

진혁은 그녀의 말에 상실감이 느껴졌다.

아무래도 이곳엔 진혁, 그 자신만이 떨어진 듯 싶었다.

아마도 새의 도움이 컸을 것이었다.

진혁도 물론 얼마정도는 짐작하고 있었다.

플라이마법을 써서 이곳까지 날아올 수 있는 사람이 그 말고는 없으니깐 말이었다.

그렇다면 다른 일행들은 어디에 떨어졌을까.

진혁은 그들에게 별일이 없기만을 바랬다.

"이곳은 어떤 곳입니까?"

진혁은 질문을 바꾸어서 에르에게 물었다.

"아무래도 궁금한 것이 많으신가 봐요."

에르가 잠시 생각에 잠기는 듯이 보였다.

하지만 이내 그녀는 미소를 지으면서 말했다.

"따라오세요. 설명해드릴게요."

그녀는 진혁이 따라오든 말든 신경 쓰지 않고 몸을 돌렸다.

에나가 그녀의 손을 잡았다.

진혁은 그녀들의 뒤를 따라가기로 결심했다.

어차피 이곳에 있어봐야 아무것도 알아낼 수가 없다.

사각사각.

에르와 에나의 걸음은 참 특이했다.

기분좋게 풀밭을 밟고 있는 것처럼 소리가 나면서도 한 편으로는 그 위를 약간 떠있는 느낌이 들었다.

'특이하군.'

진혁조차 고개를 갸웃거렸다.

세 사람은 진혁이 보았던 건물 중에 커다란 나무 모양을 본떠서 만든 건물 쪽으로 들어섰다.

"이곳이 저희 부족의 여왕폐하께서 계시는 곳이에요."

에르가 설명했다.

"인간 너 큰일 날 수도 있어!"

꼬마 에나가 진혁에게 겁을 주었다.

"에나, 너무 겁주지 마. 인간이 이렇게 여기 온 것만 해도 특별한 거야."

에르가 조곤조곤하게 에나를 타일렀다.

진혁은 두 사람의 그런 모습을 바라보면서 이상한 생각이 문득 들었다.

분명 여왕폐하가 계신 곳이라고 했는데 아무런 기척이 없었다.

여왕을 호위하는 무사도.

그렇다고 다른 하이엘프들도 보이지 않았다.

'다들 어디 간 거지?'

진혁은 밀려오는 불안감에 주위를 휘 둘러 보았다.

건물 안은 세 사람 말고는 아무것도 없는 것만 같았다.

'뭔가 잘못됐어!'

진혁은 자신의 의식이 점점 희미해져가는 것을 느꼈다.

엘로힘은 그야말로 굉장한 곳이었다. 이곳에서는 많은 존재들이 꿈을 통해서 미래를 얻는 특별한 힘이 있었다. 또한 무엇이든지 이룰 수 있는 힘들이 대륙 곳곳에 감추어져 있었다.

가치가 크면 클수록 그만큼 대륙의 패권을 쥐고 싶은 자들이 늘어나는 법이었다.

게다가 인간의 욕망은 끝이 없었다.

그들은 대륙의 전역을 탐사하기 시작했다.

그리고 태초부터 간직한 엘로힘 안에 깃든 힘을 찾아내기 시작했다.

그렇게 엘로힘 안의 신비는 인간들에 의해서 파헤쳤고, 그만큼 인간들은 힘을 가지게 되었다.

인간들은 그렇게 얻은 힘으로 수많은 엘프들을 사로잡아 노예로 삼았다.

비단 엘프들 뿐만 아니었다.

엘로힘을 허락한, 그 속에 살고 있는 인간외의 모든 존재들이 인간의 노예이거나 죽임을 당했다.

그러나 결국 그 칼날은 인간들에게 되돌아왔다.

힘이 끝없이 커지는 것도 한계가 있는 법.

이제 인간은 서로에게 칼을 들이댔다.

인간들의 욕망에 결국 대륙은 결국 전쟁에 휩쓸리고 말게 되었다.

물론 모든 인간이 다 그런 것은 아니었다.

엘로힘을 정의, 평등, 사랑의 원래 취지에 맞게 살아가는 존재들도 있었으니 그중 아가파오대마법사도 그런 사람들 중 한명이었다.

엘로힘이 전쟁에 휘말린 후에도 아가파오 대마법사는 서로 간 반목하는 이들을 화합시키려고 동분서주했다.

하지만 이것이 도리어 아가파오 대마법사의 명을 재촉했다.

어느 누구라고 할 것도 없이, 엘로힘의 패권을 꿈꾸는 자들은 끝없이 자객들을 아가파오 대마법사에게 보내왔다.

피해도 더 교묘하게
더 알아 볼 수 없게
그런 식으로 말이었다.

점점 아가파오대마법사도 지쳐갔다.

그는 더 이상 자신이 이들의 칼날을 피할 수가 없다는 것을 깨달았다.

마지막 그의 목에 칼끝을 대는 자객에게 아가파오대마법사는 물었다.

"내가 무엇을 잘못했소? 난 그저 엘로힘에서 어떤 자들이든 함께하려고 애쓴 것뿐, 적을 만든 적이 없소."

그러자 자객이 말했다.

"그런 행동 자체가 패권을 쥐려는 자들에게 적이 된 것이다. 모든 대륙의 황제들이 다 자네이름을 암살명단에 올려 두더군. 날 원망하지 마라. 지금은 전쟁 중이니깐."

"……."

아가파오 대마법사의 눈동자는 흔들렸다.

자객은 한 치의 망설임도 없이 아가파오의 머리통을 향해서 칼날을 휘둘렀다.

그는 그 찰나의 순간에 온갖 만감이 교차했다.

그러나 그의 마지막 그 순간의 눈동자는 자애로웠다.

지금은 죽음으로 대신 할 수 밖에 없지만 언젠간 엘로힘에도 평화가 찾아들고 모든 이들이 함께 공존하는 미래를 그 암살자 눈동자에서 영상처럼 보았기 때문이었다.

지금은 내가 갈 시간일 뿐이다.

그것이 아가파오가 마지막 순간에 중얼거린 말이었다.

❖

"지금은 내가 갈 시간일 뿐이다."

진혁은 자신도 모르게 중얼거렸다.

"깨어나셨어요?"

에나의 경쾌한 목소리가 진혁의 머릿속에서 울려 퍼졌다.

'뭐지?'

진혁은 자신도 모르게 상체를 발딱 일으켰다.

"어, 어떻게?"

진혁은 자신이 침상위에 누워있었던 것을 깨닫고는 의아한 표정을 지었다.

"잠시 잠에 취한 거예요."

에나가 말했다.

처음 만났을 때 그에게 반말을 하던 것과는 다른 말투였다.

"잠에 취해?"

진혁이 에나를 보면서 물었다.

"무슨 이야기를 들으셨어요?"

에나는 진혁의 말에 대답하지 않고 도리어 질문을 했다.

"아가파오."

진혁이 중얼거렸다.

에나의 질문이 무슨 뜻인지 알 것 같았기 때문이었다.

"아가파오 대마법사님을 만나셨어요?"

에나가 눈이 휘둥그레졌다.

"......"

진혁은 그저 에나의 얼굴만 쳐다보았다.

갑자기 이런 상황이 전개되는 것이 이해가 되지 않았기 때문이었다.

좀 전까지 분명 나무처럼 만들어진 친환경적인 건물에 에나, 에르와 함께 들어왔었다.

그리고 아무런 인기척이 들리지 않아 의아했었다.

그런데 어느 순간 자신이 잠들어있었던 것이다.

만약 이들이 자신에게 악의라도 가지고 있었다면 진혁은 꼼짝없이 죽었을 지도 모른다.

게다가 그의 머릿속에 흘러들어온 엘로힘의 기억은 정말이지 이상하기 짝이 없었다.

"와! 멋져요."

에나가 진혁을 올려다보면서 말했다.

진혁은 자신도 모르게 에나의 해맑은 모습에 웃음이 나왔다.

하이엘프가 어떤 존재인지 그 자신이 잠시 망각한 것이었다.

이들은 지고지순한 존재.

이들에게서 악의적인 감정이나 부정적인 감정이 존재할 리가 없었다.

다만 아까 에나와의 첫 대면에서 느꼈던 것처럼 하이엘프라는 자부심이 지나쳐서 오만함이 느껴질 때는 있었다.

진혁은 에나, 에르를 판테온에서 만났던 하이엘프와 같은 존재로 이미 여기고 있었다.

"곧 에르 언니가 올 거야."

에나가 진혁을 보면서 말했다.

아무래도 진혁이 지금 상황에 어리둥절해하는 것이 느껴져서 이리라.

"에나가 옆에서 당신을 지켜줬어요."

에르가 어느새 소리 없이 다가왔는지 진혁에게 말했다.

"에나가?"

진혁은 에나를 쳐다보았다.

자신이 잠든 사이에 꼬마 하이엘프가 자신을 지켜준 것이 너무도 기특하고 고맙게 여겨졌다.

"여왕폐하께서 당신이 특별하다고 하셨어요. 저는 너무 너무 궁금했어요. 왜 특별한가 하고 내내 지켜봤어요."

에나가 종달새처럼 떠들어댔다.

그 모습이 여간 사랑스러운 게 아니었다.

하지만 저래뵈도 판테온에서 보낸 100년과 지구에서 보낸 세월을 합해도 얼추 에나와 비슷할 지도 모른다.

그녀가 하이엘프 중 가장 상위의 하이엘프라면 말이었다.

진혁은 그런 생각이 들자 다소 좀 전까지 에르를 대하던 자신의 태도가 우습다는 생각이 들었다.

그의 옆에 서있는 에르의 경우, 겉보기에는 이제 막 20살 정도 되어 보인다.

그렇다면 그녀가 실제로 몇 살일지 아예 계산조차 하기 싫었다.

진혁은 자신도 모르게 고개를 절레절레 흔들었다.

"이 인간이 또 이상한 생각하나봐."

에나가 옆에서 입술을 삐죽 내밀었다.

"아, 아니…."

진혁은 자신도 모르게 난처했다.

이들은 자신의 표정 하나 하나에 관심이 있었다. 그리고 눈치도 상당히 빨랐다.

'조심해야지.'

진혁은 에르와 에나에게 살짝 미소를 지으면서 속으로 생각했다.

"여왕폐하께서 당신을 만나보고 싶어해요."

"이번엔 진짜 만나는 겁니까?"

진혁이 되물었다.

"어쩔 수가 없었어요. 당신을 믿을 수 있는지 알아야만 했어요."

에르가 다소 미안한 표정을 지으면서 말했다.

진혁은 그저 고개만 끄덕였다.

이들의 행동이 이해 안 가는 것은 아니었다.

에르, 에나만 하더라도 한 번도 인간을 보지 못했다고 하지 않는가.

판테온에서도 인간들이 엘프들에게 보인 태도 등을 미루어보면 그다지 이곳의 인간들도 다를 바가 없었을 거라는 생각이 들었다.

그리고 좀 전에 그의 뇌리 속에 펼쳐졌던 꿈 내용만 봐도 그랬다.

'엘로힘이라.'

진혁은 적어도 이곳의 이름은 안 셈이었다.

'지구와 또 다른 곳인가?'

진혁은 일단 여왕를 만나면 그 모든 의문이 풀릴 것이라고 생각했다.

"우리는 엘족이에요."

에르가 진혁의 생각을 눈치 채고는 말해주었다.

"엘족?"

진혁이 에르를 쳐다보았다.

"이곳에서는 우리 종족을 엘족이라고 해요."

에르가 미소를 지어 보였다.

엘.

성경에서는 천사들의 이름에 '엘' 자를 붙인다.

진혁은 에르와 에나에게 엘족이란게 너무도 잘 어울린다고 생각이 들었다.

그만큼 이들 자매에게 느껴지는 기분은 순수함과 신비로움, 그리고 숭고함이 배어 있었다.

에르가 아까처럼 앞장섰다.

에나는 아까와는 달리 진혁의 옆에 섰다.

무언가 호기심이 잔뜩 어린 눈빛을 하면서 말이었다.

진혁은 이들의 안내를 받아 여왕이 있다는 곳으로 향했다.

"드디어 만났군요."

엘족의 여왕은 진혁을 향해서 자상한 미소를 지었다.

진혁은 눈앞의 엘족 여왕을 뚫어지게 쳐다보았다.

이들 엘족 여왕의 모습은 에르나 에나에게서 기대했던 것과는 많이 달랐다.

거의 마른 송장처럼 보였다.

도대체 얼마나 긴 세월을 이곳에서 살아왔을지 짐작이 가지 않았다.

다만 머리에 씌인 찬란한 금빛 왕관만이 그녀가 여왕임을 입증할 뿐이었다.

"실망이 크겠군요."

엘족 여왕이 입을 열었다.

진혁의 마음을 눈치 챘다.

정말이지 이들은 진혁의 생각을 순식간에 꿰뚫어보았다.

이들에게 있어 인간의 언어란 무의미할 것이 분명했다.

"아, 죄송합니다."

진혁이 얼른 무릎을 꿇어 여왕이 내민 손등에 가볍게 입술을 갖다 대었다.

'판테온과 비슷한 예법이군.'

진혁은 엘로힘이 혹시 판테온에서 떨어져 나온 것이 아닐까 하고 의심할 지경이었다.

인간이 없는 것만 빼면 모든 것이 판테온과 비슷해보였다. 물론 자연친화적이고 특이한 건물도 빼놓아야 하지만 말이었다.

진혁은 이것이 절대 엘족들이 지어놓은 건물이 아님을 알 수가 있었다.

엘족들은 애초에 이런 식의 건물을 짓지 않을 것이 분명했다. 최대한 자연을 이용해서 만들 뿐이었다.

아니 이들에게서 집이란 개념은 거추장스러울 것이었다. 진혁은 이제 만난지 얼마 되지 않았지만 엘족의 에르, 에나와 여왕에게서 그런 느낌이 들었다.

"궁금한 것이 많지요?"

여왕은 진혁의 심정을 다 안다는 듯이 말했다.

분명 여왕은 진혁을 꿰뚫어보고 있었다.

"그렇습니다. 제가 오늘 너무 많은 일들을 겪어서 혼란스럽습니다."

진혁은 진심을 토로했다.

만약 보통 사람이 진혁이 겪고 있는 일을 당한다면 황당하기 그지 없을 것이었다.

석굴암에서 시작해서 엘로힘까지 엉겁결에 오게 된 진혁으로서는 모든 것이 궁금했다.

"당신의 패부터 보여주시죠. 당신은 어떤 존재입니까?"

여왕이 물었다.

"무슨 뜻입니까?"

"당신은 우연히 이곳에 오게 되었다고 믿겠지만 절대로 우연이란 없습니다. 아마도 당신이 가진 특별한 힘이 이곳으로 이끌어 겠지요."

여왕이 고개를 끄덕이면서 말했다.

"……."

진혁은 잠시 생각에 잠겼다.

여왕이 말하는 자신의 특별한 힘이란 마법을 뜻하리라 짐작했다.

이곳은 하이엘프와 비슷한, 아니 그보다 더 신성한 엘족이 존재하는 곳.

꿈에서 보았던 아가파오 대마법사라는 존재라든지 어떻든 간에 이곳은 마법이 존재하는, 판테온과 비슷한 곳임을 분명했다.

"저는 지구에서 왔습니다. 하지만 그전에 판테온이란 차원에 우연히 넘어 가게 되어 그곳에서 100년을 지내게 되었습니다."

진혁은 천천히 자신의 이야기를 여왕과 에르, 에나에게 하기 시작했다. 그로서는 회귀 후 단 한 번도 이런 내용을 누구에게도 말한 적이 없었다.

에르와 에나도 귀를 더욱 쫑긋 세우고 진혁의 말을 들었다. 하나라도 놓치지 않으려고 애를 쓰는 모양새였다.

진혁은 자신이 어떻게 판테온에서 힘을 갖게 되었고 다시 지구로 넘어올 수 있었는지 설명했다.

그들은 진혁의 이야기가 진행될수록 더욱 이야기에 빠져서 때로는 탄식을, 때로는 감탄을 연발했다.

그 모습이 너무도 순수해 보였다.

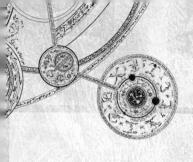

Return of the Meister

NEO MODERN FANTASY STORY

5. 인간의 탐욕

5. 인간의 탐욕

"멋지군요."

여왕이 진혁의 이야기를 끝까지 경청하고는 감탄을 했다.

"우리 같은 곳이 또 있어요?"

에나가 눈을 휘둥그렇게 뜨면서 여왕을 쳐다보았다.

그녀로서는 진혁의 이야기가 전부 새롭고 놀랍기만 했다.

"우주는 아주 신비롭단다."

여왕이 부드러운 목소리로 에나에게 설명을 해주었다.

"전 그곳에 가볼래요. 여기는 너무 심심해요."

에나가 투덜거렸다.

"우리는 이곳을 수호하는 존재인 걸 잊었니?"

에르가 에나를 보면서 말했다.

'그러고 보니 엘족이 이 세 사람밖에 없나?'

진혁은 주위를 둘러보았다.

이들 말고는 아무런 기척이 느껴지지 않았기 때문이었다.

"우리 셋만 있는 것은 아니랍니다. 엘로힘은 광대하지요. 이 대륙을 지키기 위해서 우리 같은 존재들이 뿔뿔이 흩어져서 각자의 위치에서 대륙을 지키고 있답니다."

여왕이 진혁의 의중을 눈치 채고는 설명했다.

"아."

진혁은 고개를 끄덕였다.

어쨌거나 엘로힘에 엘족의 수도 그리 많은 것은 아닌 듯했다.

"저도 질문드리겠습니다. 엘로힘은 판테온과 같은 곳입니까? 아니면 지구와 같은 곳입니까?"

진혁은 정말 궁금하던 것을 여왕에게 질문했다.

여왕은 진혁의 질문에 빙긋 웃었다.

"지구나 판테온은 다른 게 아니랍니다."

여왕은 그렇게 말하면서 손을 들어 올렸다.

그러자 진혁의 머릿속에서 한편의 영화가 상영되듯이 스쳐 지나가기 시작했다.

아가파오 대마법사가 자객에 죽고 난 이후의 내용이었다.

"아…."

진혁은 자신도 모르게 탄식을 했다.

인간의 욕심이.

끝없는 욕심이.

…….

모든 것을 갈라놓은 것이었다.

"이해가 되셨습니까?"

여왕의 질문에 진혁은 고개를 끄덕였다.

인간으로서 몹시 부끄러웠다.

이들은 그럼에도 불구하고 언젠간 그날을 위해서 이곳을 지키고 있는 존재였기 때문이었다.

"우리를 불쌍하게 여기지 마요. 우리는 희망이 있어서 살아갈 수 있답니다."

여왕이 말했다.

그녀의 이마에 굵게 팬 주름살이 숭고해보였다.

진혁은 자신이 본 것을 되새겨 보았다.

판테온과 지구는 애초에 하나였다.

바로 이 엘로힘이 두 세계를 합친 곳이었다.

태초의 숨결이 깃든 엘로힘의 힘이 파헤쳐지고 결국은 엘로힘은 두 세계로 갈라지게 된 셈이었다.

마나가 존재하는 마법의 세계 판테온과 기계의 문명이

발전하는 지구로 말이었다.

진혁은 석굴암 내부에 있던 보존불이 자신에게 보여주고 싶었던 것이 이것임을 깨달았다.

그래서 아티팩트를 가동했을 때 진혁만이 이곳에 떨어진 것이었다.

진혁은 분명 보존불께서 박술남 교수 일행을 어떻게 하지는 않았을 거라는 생각이 들었다.

분명 어디선가 잠시 정신을 잃고 있을 지도 모르겠다.

'적어도 그들은 안전하겠군.'

진혁은 내심 마음이 놓였다.

보존불의 자비가 분명 그들에게도 내릴 것이라고 믿었다.

어쨌든 진혁은 지구와 판테온의 연결점을 덕분에 알 수가 있게 된 셈이었다.

앞으로 두 세계가 어떻게 될 것인지는 그 자신도 알 수가 없다.

다만 이것을 진혁에게 보여준 보존불의 깊은 뜻은 그도 짐작할 수가 없으니깐 말이었다.

진혁은 서두르지 않았다.

그 자신이 할 수 있는 선까지 최선을 다하는 것이 중요하다는 것을 알고 있었다.

엘그라시아가 그에게 남긴 말.

지금 이 순간에 최선을 다하라는 메시지가 진혁의 마음 속에서 깊고 진하게 울려 퍼졌다.

두 세계의 비밀을 안 이 순간에 엘그라시아의 메시지가 생각났는지 진혁도 모르겠다.

하지만 자신이 두 세계의 비밀을 알고 길을 헤매지 않도록 사전에 엘그라시아가 배려를 해준 게 아닐까 하고 짐작했다.

안 그랬다면 지금 진혁은 몹시도 혼란스러웠을 지도 모르는 일이었다.

엘그라시아의 메시지 덕분에 진혁의 마음은 오히려 차분해졌다.

두 세계의 비밀 사이에서 길을 잃지 않고 자신이 무엇을 해야 하는지 방황할 필요가 없다는 것을 깨달았기 때문이었다.

"언젠간 이곳도 당신과 같은 인간이 들어올 날이 오겠지요."

여왕이 진혁을 보면서 말했다.

그 덕분에 진혁의 깊은 상념이 깨졌다.

"분명 그럴 겁니다."

진혁은 자신의 말에 힘을 주어 대답했다.

여왕과 에르, 에나의 어깨가 왜 그렇게 쓸쓸해보였는지 진혁은 알 것만 같았다.

비록 자신들을 억압하고 괴롭히던 인간들이나마 그들은 인간을 사랑했다.

엘로힘은 모든 것을 포용하고 있었다.

그들은 떠나간 인간들을 그리워하고 있었다.

언젠간 다시 돌아올 인간들을 기대하면서 말이었다. 여전히 그들은 인간들과 공존하는 아름다운 세계를 꿈꾸고 있었다.

"이제 당신은 돌아갈 시간입니다."

여왕이 진혁을 보면서 말했다.

그녀의 눈에는 아쉬움으로 흔들거렸다.

"나도 따라갈래. 으앙!"

여왕의 말에 에나가 울음을 터트렸다.

진혁은 그와 동시에 또 한 번 정신이 아득해지는 것을 느꼈다.

❖

'또!'

진혁은 몸을 일으켰다.

처음 새와 만났던 그 장소였다.

여왕, 에르와 에나를 만났던 것이 꿈만 같았다. 분명 과일의 달콤한 즙을 기억하고 있다.

그런데 지금은 그저 밝은 공간에 있었다.

'이것이 엘족의 힘인가.'

진혁은 고개를 갸웃거리면서 주변을 돌아보았다.

그 제서야 그는 여기저기에 쓰러져 있는 박술남 교수의 일행들을 발견했다.

분명 아티팩트를 가동한 이후 떨어졌던 곳과 같은 곳이 분명했다.

그때는 보이지 않던 일행들이 지금은 보였다.

진혁은 그것에 대해서 더 이상 의문을 품지 않았다. 그보다 더 신비로운 일들을 많이 겪었기 때문이었다.

"박사님, 일어나십시오!"

진혁이 그들에게 다가가 한사람씩 흔들었다.

다행히 이들은 금방 정신을 차렸다.

진혁이 마나를 주입하지 않아도 말이었다.

"여긴 또 어딘가?"

이청남 교수가 눈살을 찌푸리면서 말했다.

'그건 제가 하고 싶은 말입니다.'

진혁은 속으로 그렇게 부르짖었다.

정말이지 좀 전까지 있었던 일이 아직도 실감나지 않았다.

어쨌거나 일행들과 이렇게 다시 만나게 된 것에 감사해야 했다.

모두가 무사했다.

'엘로힘 대륙은 꿈이었을까?'

진혁은 아직도 에르와 에나의 얼굴이 아른거렸다.

분명 그들은 진혁의 앞에서 살아 움직였다.

꿈으로 치기에는 너무도 미련이 남았다.

"자네는 뭘 그리 생각하나?"

이청남 교수가 진혁의 표정을 보면서 물었다.

지금 이들이 있는 곳은 밝은 공간이었다.

그덕분에 진혁이 생각에 잠긴 모습을 이청남 교수도 알 수가 있었다.

"이곳이 어딜까 생각하느라…."

진혁이 대충 얼버무렸다.

"흠. 첩첩산중일세."

이청남 교수가 그 마음을 알겠다는 듯이 고개를 끄덕이면서 말했다.

박술남 교수나 다른 세 명의 연구원 역시 마찬가지였다.

"일단 이곳을 걸어 나가 봅세."

박술남 교수가 말했다.

그는 손을 들어 자신들의 앞쪽을 가리켰다.

처음 있었던 공간과는 달리 이곳은 끝없는 통로가 앞에 놓여져 있었다.

진혁도 고개를 끄덕였다.

분명 저곳으로 가면 무언가 단서를 찾을 것이라고 생각했다.

'이곳이 혹시 엘로힘에서 두 세계가 갈라져 나온 곳이 아닐까?'

진혁은 속으로 짐작했다.

판테온과 지구로 향하는 통로.

어쩌면 판테온의 카이저 황제는 자신과는 다르게 이 통로로 떨어진 게 아닐까 하고 짐작했다.

그가 가지고 있었던 엔키릴의 힘 때문에 말이었다.

진혁은 자신이 그 엔키릴을 가지고 있다는 것을 상기했다.

그렇다면 이들이 이곳에 떨어진 것은 뚜껑달린 거울모양의 아티팩트 탓이 아닐 것이었다.

엔키릴의 힘이었다.

몇 만 년을 살아온, 드래곤중의 드래곤이 격돌해서 생긴 검이기에 가능하리라 보았다.

진혁은 그제서야 카이저 황제에 대한 의문이 풀렸다.

그리고 판테온에서 말하는 은의 시대는 곧 엘로힘 대륙의 마지막 시대일 것으로 짐작했다.

그는 이곳에서 뚜껑달린 아티팩트를 발견했을 것이었다. 물론 저런 아티팩트가 더 있을지는 미지수였다. 하지만 분명한 것은 이곳은 두 세계를 잇는 통로였다.

오직 엔키릴의 힘으로만 올 수 있는 곳 말이었다.

'휴우, 엔키릴을 중국에서 빼앗겨더라면.'

진혁은 엔키릴이 자신의 수중에 있는 것을 다행으로 여겼다.

인간의 탐욕이 부를 화근이 어떨지 잘 알기 때문이었다. 굳이 엘로힘에서 보았던, 그리고 들었던 내용들이 아니어도 충분히 알 수가 있었다.

그 자신이 판테온에서 100년을 살면서 인간의 탐욕을 적나라하게 보고 듣지 않았던가.

진혁은 박술남 교수가 당당하게 앞쪽의 통로로 걸어가는 것을 보고 내심 다행으로 여겼다.

그들이 있던 뒤쪽으로도 또 하나의 통로가 있었다.

어쩐일인지 이들의 눈에는 보이지 않았다.

오로지 진혁만이 알 수가 있었다.

하지만 이들이 멋모르고 뒤쪽의 통로 근처에 다가갔더라면 열렸을 지도 모른다.

바로 판테온으로 향하는 통로였다.

진혁은 뒤쪽의 통로에서 익숙한 마나의 기운을 느꼈기 때문에 알 수가 있었다.

"교수님, 같이 가시죠."

진혁은 큰 소리를 내면서 얼른 교수의 옆으로 다가갔다.

교수의 뒤로 이청남 교수와 세 명의 연구원들이 엉거주

춤 자세로 따라왔다.

이들의 걸음은 몹시 불안하기 짝이 없었다.

또 어떤 일들이 그들의 앞에 놓여있을지 모르기 때문이었다.

하지만 이들의 우려는 기우에 불과했다.

통로의 끝에 이르자 평범한 문이 하나 나왔다.

마치 문을 열라고 하는 것처럼 말이었다.

모두가 문을 보자 서로의 눈치를 보았다.

"제가 열겠습니다."

진혁이 이들을 대신해서 문을 열었다.

동시에 열린 문 사이로 눈부신 지구의 햇살이 쏟아졌다.

경주, 그것도 바로 석굴암 뒤쪽의 절벽이었다.

'절벽? 이런데 절벽이 다 있었나?'

진혁은 고개를 갸웃거렸다.

그가 자칫 중심을 잃었더라면 절벽 아래로 떨어질 뻔했다.

"거참 이상하네."

이청남 교수가 진혁의 옆에 다가와서 주변을 살펴보면서 말했다.

분명 이곳이 절벽인 것만 빼면 모든 게 석굴암 뒤쪽, 토함산 산등성이 자락이었다.

"저 위에서 그 아티팩트를 주었었는데."

박술남 교수가 말하면서 절벽 위쪽을 바라보았다.

"아, 아티팩트?"

진혁은 그제서야 자신의 손에 아티팩트가 없음을 깨달았다.

"뭐라고?"

이청남 교수가 비명에 가깝게 소리를 질렀다.

"주문을 외울 때 사라졌나봅니다."

진혁은 걱정스런 표정을 일부러 지으면서 말했다.

"이럴 수가."

박술남 교수와 일행들은 안타까워 했다.

자신들의 연구대상이 허무하게 사라진 셈이었다. 무엇을 위해서 일주일이나 이곳에 있었는지 증명할 수가 없게 된셈이었다.

"대신 이렇게 살아있지 않습니까?"

진혁이 여전히 진지한 표정을 풀지 않고 말했다. 괜히 이런 상황에서 본심을 보였다가는 이들의 지탄이나 원망을 받을 수있기 때문이었다.

어쨌거나 진혁은 아티팩트가 사라진 것이 내심 다행이었다.

이런 물건들은 인간에게 흘러가서는 절대 안 되기 때문이었다.

"그나저나 여길 어떻게 오르지?"

한 연구원이 중얼거리면서 위쪽을 보았다.

"뭐 하러 오릅니까?"

진혁이 도리어 반문했다.

그리고는 훌쩍 몸을 날려 아래로 뛰어들었다.

절벽 아래를 말이었다.

"여, 여보게!"

박술남 교수가 소리를 지르다가 이내 눈이 휘둥그레졌다.

"저 여기 있습니다."

진혁이 그들을 바라보면서 싱긋 웃었다.

그들과 진혁 사이는 불과 2m도 채 안되었다.

그들이 까마득한 절벽이라고 생각했던 곳이 의외로 낮았기 때문이었다.

밑쪽에 수풀이 우거져서 착각한 듯 싶었다.

"이, 이런."

박술남 교수와 일행들은 민망한 표정을 지으면서 차례차례 아래로 뛰었다.

"휴우, 이렇게 살아남은 것도 다행이긴 하군."

이청남 교수가 중얼거렸다.

"교수님, 저길 보십시오!"

연구원 중 한명이 소리쳤다.

모두가 그 말에 고개를 들어 위를 쳐다보았다.

방금 전까지 있었던, 그들이 나온 곳에 있던 문이 한순간에 사라졌다.

그저 바위뿐이었다.

"말도 안 돼!"

이청남 교수가 비명을 질렀다.

그는 다시 아까 있던 문이 있는 곳을 가려고 위로 버둥거렸다.

그러자 연구원 중 유희철이 용감하게 위로 올라섰다.

하지만 그는 이내 문이 있던 곳을 찾을 수가 없었다.

탕탕.

그가 주먹을 내리치고 손바닥을 쳐보아도 바위였다.

온통 그곳은 바위만 있을 뿐이었다.

아래쪽에 있던 나머지 일행들의 얼굴엔 짙은 아쉬움이 가득했다.

"그냥 그거라도 가지고 가서 연구하면 좋았을 뻔했네."

박술남 교수가 중얼거렸다.

그 자신의 욕심이 소중한 물건마저 없애버린 셈이었다.

하지만 그것이 없었다면 자신들이 살아 돌아오지도 못했을 것이 뻔했다.

"자자, 일단 작업실로 가세."

이청남 교수의 말에 누구라고 할 것 없이 모두가 움직였다.

"아버지!"

박지현은 박술남 교수의 모습을 발견하고는 뛰어나왔다.

진혁은 부녀의 감격스러운 상봉을 말없이 지켜보았다.

어쨌거나 이들이 살아 돌아온 것만으로도 참 다행이었다. 그 자신은 이번 일로 인해서 많은 비밀을 안 셈이었다.

그 자신이 오랫동안 궁금해오던 지구와 판테온이 간직한 비밀을 안 셈이었다.

그 둘은 애초에 둘이 아니었다.

하나. 바로 엘로힘이란 곳이었다.

'언젠간 당신들의 소망이 이루어지길 빕니다.'

진혁은 말없이 하늘을 바라보면서 그곳에서 만났던 에르와 에나를 떠올렸다.

얼마나 더 많은 시간이 지나야할지는 모르겠다.

진혁도 알 수가 없었다.

하지만 언젠간 그들의 소망이 이루어질 거란 생각이 들었다.

그들이 포기하지 않고 인간을 기다려주고 있으니깐.

그리고 그것을 위해서 세계수 엘그라시아나 다이아몬드 심장인 마고가 두 세계를 수호하고 있으니깐 말이었다.

"자네에게 궁금한 게 있네."

이청남 교수가 내려가려는 진혁을 붙들었다.

"말씀하십시오."

진혁은 교수가 쉽게 자신을 내버려두지 않을 것임을 이미 눈치 채고 있었다.

"그 아티팩튼가 하는 물건, 자네가 외우는 주문 덕에 우리가 이렇게 살아온 게 아닌가."

이청남 교수는 예리하게 눈을 빛내면서 말했다.

"사실 아닙니다."

진혁은 딱잘라 말했다.

"아니라니?"

이청남 교수가 의아한 눈빛을 보냈다.

그는 일부러 진혁에게 주문이란 말을 운운하면서 말을 꺼낸 것이었다.

"제가 외운 주문은 사실 엉터리입니다. 실지로 저는 룬 문자에 대해서도 잘 모릅니다."

진혁이 무덤덤하게 말했다.

"그렇다면 왜?"

박술남 교수가 두 사람의 대화에 끼어들었다.

그뿐만 아니라 함께 탐사에 동행했던 세 명의 연구원들도 마찬가지였다.

그 외에 작업실에 잔류했던 연구원들은 영문을 모르겠

다는 표정으로 이들을 지켜보았다.

"여러분들이 너무도 동요하시는 것 같아서 살짝 이야기를 만들어봤습니다."

진혁이 말했다.

"그게 가짜 이야기라고?"

박술남 교수가 여전히 이해가 안 간다는 식으로 물었다.

"죄송합니다. 여러분들이 너무도 힘들어하는 것이 보여서 조금이나마 도움이 되고 싶어서 그랬습니다."

진혁은 침착하게 말했다.

하지만 그의 속마음은 초조했다.

그 자신이 생각해도 적당한 변명치고는 말이 되지 않았다.

역시나 이청남 교수가 진혁을 보면서 다시 질문했다.

"이해가 되지 않네. 자네가 주문을 외우자 큰 빛이…."

교수가 말을 채 맺지 못했다.

그의 눈빛은 여전히 진혁을 의심하고 있었다.

"그렇죠. 저는 말도 안 되는 엉터리 주문을 외운 겁니다. 그런데 그게 실지로 작용해서 저도 놀랐습니다."

진혁이 자신의 말에 힘을 주어서 말했다.

"엉터리 주문?"

"예전에 가십거리 잡지에서 봤던 엉터리 마법 주문 같은 거였습니다. 대충 기억나는 대로 읊어보았는데…."

진혁은 자신도 놀랬다는 표정을 지어보였다.

그리고는 이청남 교수를 향해서 말했다.

"이 세상에 마법이라는 것은 그저 애들 동화 속 환상 아 닙니까?"

"그, 그렇지."

이청남 교수는 머쓱해졌다.

하긴 지구상에 마법이라는 게 존재할 수가 없다.

고대의 룬문자 어쩌고저쩌고 하는 것은 아직 상상의 세 계에 푹 빠진 치기어린 사람들이나 하는 행태였다.

"교수님도 학자시니 잘 알지 않습니까? 엉터리 주문으 로 어떻게 공간을 열겠습니까?"

진혁이 되물었다.

이청남 교수도 선뜻 말을 못했다.

진혁이 자신의 목소리에 오더 보이스 마법을 싣고 있었 기 때문이었다.

그것은 이청남 교수뿐만 아니라 탐사팀 전원에게 향해 있었다.

그들은 막연하게 진혁에게 갖고 있던 의문이 말도 안 되 는 것임을 깨닫고 있었다.

진혁의 의도대로였다.

"하지만 우리가 이렇게 여기로 돌아오지 않았던가?"

이청남 교수가 고개를 갸웃거리면서 말했다.

그의 머리는 진혁의 말을 수긍하면서도 한편으로는 의문이 풀리지 않았다.

"그것은 저도 모르겠습니다. 그것을 연구하시는 분은 제가 아니라 교수님이 아니십니까?"

진혁이 이청남 교수의 눈을 쳐다보면서 말했다.

"그, 그렇긴 하지."

그는 더 이상 진혁에게 아무런 질문도 하지 못했다. 아니 질문할 수가 없었다.

그가 갖고 있는 의문은 그 자신이 풀어야할 앞으로의 숙제였다.

'교수님, 용서하십시오. 언젠간 인간이 합당한 자격을 갖게 된다면 엘로힘을 만나게 될지도 모릅니다.'

진혁은 속으로 이청남 교수를 보면서 생각했다.

어쩌면 이런 작은 의문이 파문이 되어서 인간의 기계문명 발달은 다른 방향으로 틀어질 수도 있었다.

진혁은 그전에 인간의 의식이 먼저 성장할 수 있기를 빌었다.

엘족들과 공존할 수 있는 그런 세계를 말이었다.

"진혁군, 이제 내려갈 거에요?"

박지현이 진혁에게 다가왔다.

진혁으로서는 박지현이 이 난처한 상황을 구원해주는 천사처럼 느껴졌다.

"가봐야죠. 사업파트너를 만나기로 했는데…."

"어떻하죠? 벌써 3일이나 지났는데."

박지현이 안타까운 표정을 지었다.

"네에?"

진혁은 어이없는 웃음을 지었다.

충분히 그럴 수 있을 거라는 생각이 들었다.

어쨌거나 자신보다 박술남 일행은 9일이나 그곳에 갇혀 있던 셈이니 겨우 3일 있었던 자신이 무엇을 티낼 수 있겠는가.

"집에 빨리 가봐야겠습니다."

"미현이에게 대충 둘러댔어요. 내일까지 안 오면 그때 신고하려고."

박지현이 미안한 표정을 지었다.

하지만 진혁으로서는 오히려 고마웠다.

덕분에 집에 가서 질문공세에 시달리지 않아도 되니 말이었다.

"박사님은 계속 여기에 계실 겁니까?"

진혁이 박술남 교수를 보면서 질문을 했다.

"좀 생각해봐야겠지. 환국에서 왔다던 그 병사가 남긴 흔적이 경주 어딘가에는 있겠지."

박술남 교수가 확신에 찬 표정을 지으면서 말했다.

비록 석굴암에서 발견했던 물건이나 기이한 일은 꿈결

처럼 끝났지만 이제 그로서는 시작인 셈이었다.

적어도 석굴암도, 그 석굴암을 품고 있는 경주에서 과거 어떤 일들이 있었던 것은 분명했다.

현대의 인간들이 알고 있는 것 보다 더 깊은 비밀을 간직하고 있었다.

고대사를 연구하는 학자로서 그것만으로도 박술남 교수를 자극시키기에 충분했다.

"이곳 범위를 좀 더 넓혀봅시다."

이청남 교수가 깐깐한 표정을 지으면서 박술남 교수에게 말했다.

진혁은 두 사람이 결코 포기하지 않으리라는 인상을 받았다.

'포기할 수 없겠지.'

학자로서 그런 일들을 겪고서 탐사를 끝낸다는 것은 애초에 말이 안 되었다.

진혁은 씁쓸하게 미소 지었다.

언젠가는 인간에게 드러날테니깐 말이었다.

'그나저나 카이저황제는 어디에서 살았을까?'

진혁은 눈을 들어 하늘을 쳐다보았다.

분명 그는 경주 어딘가에 그의 흔적을 남겨놓았을 것이었다.

'당분간 이곳을 예의주시해야겠군.'

진혁은 벌써부터 머리를 맞대고 의논하고 있는 두 교수를 보면서 그렇게 결심했다.

❖

　　미국 콜로라도주 덴버 근교.
　　카르카스 본거지.

　　윌리엄 드렛은 자신에 찬 발걸음으로 자신의 스승이 있는 곳으로 향했다.
　　스승이 머물고 있는 처소의 문밖에는 커다란 마법진이 그려져 있었다.
　　각종 마법진들이 표식 되어있는 카르카스 본거지임에도 불구하고 스승의 처소는 그보다 더 심하게 보호마법진이 발동되고 있었다.
　　"윌리엄.드렛입니다."
　　그는 일부러 목소리에 힘을 주었다.
　　"들어오게."
　　스승의 갸냘픈 목소리가 문밖으로 새어나왔다.
　　확실히 예전보다 기력이 많이 떨어지고 있었다.
　　'아직은 곤란한데.'
　　윌리엄 드렛은 잠시 이맛살을 찌푸렸다.

스승 오르마니아 셈에게는 12명의 제자가 있다.

물론 윌리엄 드렛이 제자들 중 수석제자이긴 했다. 하지만 그렇다고 정식 카르카스의 후계자라는 것은 아니었다.

스승 오르마니아 셈은 윌리엄 드렛을 완전하게 자신의 자리를 넘기지 못하고 있었다.

윌리엄 드렛도 얼추 그 이유는 알고 있었다.

가장 큰 이유.

스승과 12명의 제자들 사이에 있는 결정적인 이유는 바로 스승이 7서클의 마법사라는 깃 때문이었다.

물론 스승은 7서클의 마법사이면서도 1, 2서클 정도의 마력밖에 시현할 수 없다.

그렇지만 그 자신은 겨우 1서클의 마법사이다.

그뿐만 아니라 오르마니아 셈의 12제자들은 순수 지구인 들인만큼 1서클의 마법사가 되기에도 무척 버거웠다. 그나마 1개의 서클이라도 있는 제자가 자신과 둘째, 넷째뿐이었기 때문이었다.

그 얘긴 윌리엄 드렛과 그의 사제인 둘째, 넷째가 스승의 자리를 놓고 경합을 벌인다는 뜻이기도 했다.

오르마니아 셈이 자신의 힘을 세 사람 중 누구에게 완전하게 넘긴다면 그 자가 곧 카르카스의 새 주인이 될 수 있을 터였다.

그래서 그런지 스승은 더욱 몸조심을 하고 있는 셈이었다. 자신이 키운 제자들로부터 자신을 지키기 위해서 말이었다.

참으로 아이러니하기도 했다.

'그게 우리의 사는 방식이지.'

윌리엄 드렛은 그 사실을 지극히 당연하게 여겼다.

먹지 않으면 잡힌다.

윌리엄 드렛은 차가운 미소를 띠면서 스승의 처소에 들어섰다.

스승인 오르마니아 셈의 처소는 원형으로 되어 있었다. 게다가 몹시 어둡기까지 했다.

아니 한치 앞이 보이지 않을 만큼 칠흑처럼 까맸다.

물론 이런 어둠에 카르카스인 들은 이미 익숙해져 있다.

하지만 스승 오르마니아 셈의 조심성은 그 이상이었다.

"거기까지."

스승의 목소리가 들려왔다.

우뚝.

윌리엄 드렛은 스승의 말에 걸음을 멈추었다.

만약 여기서 한걸음이라도 더 걸었다가는 마법진에 걸려 온몸이 휴지조각처럼 갈래갈래 찢어질 수도 있었다.

'제길.'

윌리엄 드렛은 속으로 욕설을 퍼부었다.

스승의 여전한 태도에 은근히 부하가 났다.

"소식을 가져왔나?"

오르마니아 셈의 갸날픈 목소리가 들려 왔다.

그는 제자인 윌리엄 드렛의 기분 따위는 신경 쓰지 않는 것 같았다.

'앞에 계시군.'

윌리엄 드렛은 스승의 목소리가 들려오는 앞쪽에 스승의 기척이 있는지 확인부터 했다.

"여기 있습니다."

윌리엄 드렛은 가지고 온 사진들을 앞쪽으로 내밀었다.

휙.

검은 물결이 출렁거리더니 이내 그것이 갈퀴처럼 변해서 윌리엄 드렛이 들고 있는 사진을 낚아챘다.

"……."

오르마니아 셈은 한동안 계속 사진을 들여다보았다.

그의 어깨가 떨려왔다.

윌리엄 드렛은 스승의 변화를 눈치 챘다.

조심스러운 노인네에서 지금은 감격에 겨워 어쩔 줄을 몰라 하고 있었다.

그 애긴…….

윌리엄 드렛은 스승이 입을 열 때까지 기다렸다.

현재로서는 스승에게 나쁜 소식 외에는 전할 게 없으니

말이었다.

"이 거 손에 넣었나?"

오르마니아 셈의 목소리가 기이한 열정에 가득 차 있
었다.

"……."

윌리엄 드렛은 일부러 침묵을 지켰다.

"왜 말이 없지?"

오르마니아 셈은 그렇게 말하면서 윌리엄 드렛 쪽으로
몸을 돌렸다.

화악.

동시에 칠흑처럼 까맣던 주위가 다소 밝아졌다.

그덕에 오르마니아 셈의 모습이 드러났다.

비쩍 마른 나무 조각 같은 그의 모습은 차마 직접 바라
보기조차 어려울 지경으로 몰골이 말이 아니었다.

얼굴은 거의 해골만 남아있어 보였다. 살갗이 거의 뼈에
붙어 멀리서보면 해골처럼 보일 지경이었다.

게다가 가뜩이나 작았던 키는 몸이 구부렁거리게 되면
서 더욱 작아보였다. 이제 막 초등학교 입학한 아이들처럼
말이었다.

말 그대로 산 송장이나 다름없는 몰골이었다.

그래서 그런지 오르마니아 셈은 항상 두건이 있는 로브
로 온몸을 뒤집어쓰고 있었다.

물론 로브에도 마법진이 붙어 있었다.

나이가 드는 것을 늦추는 마법진이었다.

사실 카르카스에서 제일 많은 예산이 들어가는 마법진이 있다면 바로 그 마법진이었다.

어떻게든지 조금이라도 더 살기 위해서 오르마니아 셈은 버둥거리고 있었다.

"스승님을 뵈옵니다."

윌리엄 드렛은 스승의 모습이 보이자 왼쪽 무릎을 바닥에 대고 오른쪽 무릎을 세웠다.

양손은 중앙에 모아 까지를 낀채로 고개를 숙여 인사를 건넸다.

"인사는 필요 없다. 네놈이 내 자리를 탐낸다는 것은 누구나 아는 사실! 내가 질문한 것에만 답하라."

오르마니아 셈은 윌리엄 드렛을 비웃는 투로 말했다.

실지로 스승의 얼굴은 윌리엄 드렛을 향한 빈정되는 표정이었다.

하지만 그보다 그의 눈빛은 기이한 열정과 욕망에 출렁거렸다.

'참자.'

윌리엄 드렛은 스승의 태도에 부아가 일었다.

하지만 여기서 자신의 성질대로 행동할 수는 없었다. 괜히 그랬다가 후계자라는 딱지마저 떼일게 뻔했다.

지금은 고개를 숙일 때였다.

"죄송합니다. 연구원들이 보는 앞에서 오랜 세월의 무게를 견디지 못하고 먼지가 되었다고 합니다."

윌리엄 드렛은 그렇게 말하면서 무릎 꿇었던 자세를 바꾸어 온몸을 바닥에 대고 엎드렸다.

자신을 죄를 달갑게 받겠다는 의미였다.

"뭐라? 엔키릴이 산화돼!"

오르마니아 셈은 윌리엄 드렛의 보고를 받는 순간 경악했다.

"그것의 이름이 엔키릴이었습니까?"

윌리엄 드렛이 스승의 말에 일부러 질문을 했다.

"넌 알 것 없다."

오르마니아 셈은 자신의 실수를 깨달았다.

윌리엄 드렛의 앞에서 엔키릴에 대해서 발설한 것이었다.

'제길. 이놈이 득달같이 달려들겠군.'

오르마니아 셈은 손을 내 저었다.

그만 일어나서 물러가라는 뜻이었다.

하지만 윌리엄 드렛이 이대로 물러나갈 위인은 아니었다.

그는 바닥에서 몸을 일으켜 세웠다.

"그것이 어떤 물건이길래 스승님께서 그토록 갈망하고 계십니까?"

윌리엄 드렛은 진심으로 스승을 위하는 듯이 말했다.

"흥."

오르마니아 셈이 콧웃음을 쳤다.

하지만 윌리엄 드렛은 포기하지 않았다.

"제 애들이 중국과 한국 쪽에 꽤 많은 라인을 가지고 계신걸 알지 않습니까?"

그는 미소까지 짓는 여유를 보이면서 오르마니아 셈을 쳐다보았다.

멈칫.

오르마니아 셈은 윌리엄 드렛의 말에 잠시 고민했다.

어쨌거나 둘은 아직까지 사제지간이었다.

자신은 이 처소에 있는 한 안전하다.

그렇다면 굳이 윌리엄 드렛을 내칠 필요까지는 없었다.

"흠."

오르마니아 셈의 입에서 탄식이 새어나왔다.

'됐군.'

윌리엄 드렛의 입가에 옅은 미소가 지어졌다.

그는 끈기있게 스승의 입이 열리기를 기다렸다.

"좋다. 이 일을 계속 너에게 맡기마."

오르마니아 셈은 결심을 했는지 윌리엄 드렛에게 말했다.

"감사합니다. 스승님."

"이 일은 신중해야 한다. 사진속의 물건은 엔키릴이라고 한다."

오르마니아 셈은 윌리엄 드렛에게 엔키릴에 대해서 설명하기 시작했다.

윌리엄 드렛은 스승의 말을 하나라도 빼먹지 않기 위해서 집중했다.

그는 스승의 말을 들으면서 점점 엔키릴에 대해서 푹 빠지기 시작했다.

엔키릴이 갖는 능력은 상상을 초월했다. 그 자신이 그것을 사용할 수있든 없든지 간에 말이었다.

'아쉽군.'

윌리엄 드렛의 눈은 어느새 욕망으로 가득 찼다.

엔키릴이란 물건이 그토록 대단한 건줄 알았으면 어떻게든지 좀 더 신중하게 접근시킬 것을 하고 후회가 되었다.

'네 이놈, 그럴 줄 알았다.'

오르마니아 셈은 제자의 눈에서 번지는 욕망을 보면서

제2, 제3의 안전망을 가동해야겠다는 생각을 했다. 지금 당장은 윌리엄 드렛을 최대한 이용해 먹어야 한다. 하지만 지금보다 더욱 조심해야 한다.

오르마니아 셈과 윌리엄 드렛 사이에서 말없는 정적이 흘렀다.

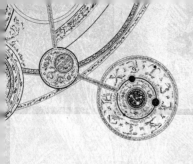

Return of the Meister

NEO MODERN FANTASY STORY

6. 희망

6. 희망

Return of the Meister

"사장님께서 나오셨습니다."

나수빈은 진혁이 사장실에 들어서자 구내전화로 여기저기에 전화를 걸어 알렸다.

그녀의 통보를 받은 백군상, 한중수, 박정민 등이 득달같이 올라왔다.

"안에 계시지?"

백군상은 나수빈에게 말을 건네면서 이미 사장실을 열고 있었다.

벌컥.

"아이고! 자네 얼굴 보기가 이렇게 힘들어서…"

"죄송합니다."

진혁이 진심으로 미안한 기색을 띠면서 자리에서 일어섰다.

이들을 맞이하기 위해서였다.

근 보름만의 만남이었다.

아버지 최한필 박사를 구출하기 위해서 푸에르토리코에 갔다 온 직후 바로 경주로 떠났기 때문이었다.

물론 경주로 떠나기 전 백군상과 사업상에 관한 의논을 해두고 갔었다.

4월이 되기 전까지는 그다지 진혁이 할 일이 없기 때문에 안심을 하고 떠났다.

그런데 생각보다 일이 오래 걸렸다.

어제만 해도 진혁은 온 집안 식구들에게 붙들려서 한바탕 곤욕을 치루지 않았던가.

"일단 앉으시죠."

진혁이 세사람에게 자리를 권했다.

곧 진혁과 이들은 그동안 있었던 사업상의 문제들을 의논하기 시작했다.

"랙스사에서 자네를 찾느라 난리가 났었네."

"아."

진혁은 짧게 탄식을 냈다.

랙스사의 임시주주총회가 3월말에 열렸다는 것이 주요 내용이었다.

"대주주께서 사라졌으니 그들도 답답했겠지. 자네 없이는 의결도 안 될 테고."

"그래서 어떻게 하셨습니까?"

진혁이 씨익 웃으면서 백군상을 쳐다보았다.

"뭐라고 하긴. 걍 너 네들 마음대로 하라고 이랬지."

백군상도 씨익 웃으면서 진혁을 보았다.

"잘하셨습니다."

진혁이 말했다.

"잘하긴 잘한 것 같은데, 자네는 이제 큰일 났네."

"왜 그렇습니까?"

진혁이 백군상의 말에 의아한 표정을 지었다.

박정민과 한중수는 백군상의 말뜻을 알아듣는 모양이었다. 그들은 연신 고개를 끄덕이고 있었다.

"랙스사가 대박이 났네. 그것도 아주 초초초초대박말이야."

"그렇습니까?"

진혁이 백군상의 말에 심드렁하게 말했다.

"아니, 최사장. 자네가 몇 백 억을 손에 쥐고 쓰고 해서 심드렁한 모양인데 이것은 그 정도 단위가 아니네."

그렇게 말하는 백군상의 표정은 점점 흥분이 고조되었다. 이미 그는 알고 있는 사실이었다.

처음에 그 소식을 접했을 때 얼마나 흥분했던가.

며칠 내내 흥분에 겨워 지냈던 백군상이었다.

이제는 진정되었다고 생각했는데 막상 진혁에게 말을 다시 꺼내니 그때의 흥분이 다시 솟구치고 있었다.

"말씀하십시오."

진혁은 무덤덤하게 말했다.

"놀라지 말게! 자네가 소유한 랙스사의 주식가치가 이천억이라네!"

백군상은 그렇게 소리치면서 두손을 부들부들 떨었다.

진혁이 처음 랙스사에 투자할 때만 해도 20억이었다.

그때 자신이 뭐 하러 벤처회사에 투자 하냐고 비웃지 않았던가.

"네."

진혁은 고개를 끄덕였다.

"……?"

백군상은 진혁의 반응에 몹시 실망한 기색이었다.

"앗싸! 제가 이겼네요."

박정민이 중간에 끼어들어 좋아라 했다.

"백이상님이랑 저는 졌습니다."

한중수가 풀이 죽은 목소리로 말했다.

진혁은 오히려 그 상황이 더 궁금했다.

"뭡니까?"

"우리 세 사람이 랙스사에 대한 사장님 반응을 두고 내기했거든요. 저는 사장님이 심드렁할 것이다에 한표 걸었습니다."

박정민이 의기양양한 표정을 지으면서 말했다.

"쳇."

백군상이 투덜거리고 시작했다.

"이 백억도 아니고 이 천억인데 그 표정이 뭔가?"

"아, 죄송합니다."

진혁은 난처한 표정을 지었다.

이미 랙스사가 초대박이 날거라는 것은 알고 있었다. 그런데 생각보다 전개가 빨랐다.

이십억이 이백억도 아니고 이천억이라니.

하지만 진혁으로서는 그보다는 랙스사에서 대주주로 두 번째인 자신이 사라져서 임시총회가 방해받았던 것이 오히려 미안했다.

이번 임시총회 의결사항들이 얼마나 중요한 사안이었을지 상상이 갔다.

주식의 가치가 지금 엄청나게 뛰어오른 것이었다. 물론 그만큼 랙스사라는 회사의 가치는 초고속으로 뛰어오르고 있었다.

상상 그 이상으로 말이었다.

'이러다가 곧 해외진출도 시간 문제겠군.'

백군상이 알아서 잘 처리해준 것이 고맙기 짝이 없었다.

"자네는 랙스사 말고도 투자한 벤처회사들이 많지 않은가?"

백군상이 진심으로 아쉬워하는 표정을 지으면서 말했다.

물론 진혁 덕분에 지금 중앙투자개발회사에 다니는 직원들은 예전에 여유 돈들을 랙스사에 투자한 이들이 많았다.

진혁이 세 번이나 강권했기 때문이었다.

평소 그의 성정 상 두 번 강권하면 더 이상 권하지 않는 것을 잘 아는 사람들로서는 랙스사에 대한 진혁의 확신에 믿고 투자를 했다.

비서인 나수빈이 진혁 다음으로 가장 많은 돈인 이억 오천을 투자해서 지금 이백 오십억을 번 셈이었다.

물론 소유한 주식의 가치로 말이었다.

백군상과 박정민은 일억을 투자해 백억이란 돈을 움켜쥔 셈이었다.

박정민의 경우 다니던 대신종합금융이 업무 폐쇄되어 명예퇴직을 했기 때문에 그 보상으로 일억이란 돈이 생겼다. 그는 그 전부를 랙스사에 투자했다.

하지만 백군상의 경우는 분산투자를 선택했다.

명동에 있는 건물을 사느라 랙스사에 일억만 투자했기 때문이었다.

지금 백군상은 그것을 아주 후회하고 있었다.

부동산의 가치가 잠재적으로 크다고 해도 100배로 뻥튀기할 수는 없다.

'으악, 내가 명동건물을 안사고 랙스사에 투자를 했더라면…… 천억, 이천억……!'

백군상은 땅을 치고 후회를 했다.

밤마다 잠자리에 들 때면 몇 천억이란 돈이 눈앞에서 왔다 갔다 하는 것만 같았다.

몇 백억까지 버는 것은 그럴 수 있다.

그냥 준 재벌, 졸부소리를 들을 수 있다.

하지만 몇 천억이면 졸부의 수준을 벗어난다.

"오늘 점심은 제가 사야겠습니다."

진혁이 머쓱한 웃음을 띠면서 세 사람에게 말했다.

"그건 당연하지."

백군상이 여전히 속이 쓰린 듯 한 표정을 지으면서 말했다.

"저는 사장님 투자하는 곳마다 따라다닐 겁니다."

한중수 역시 아쉽다는 표정을 지으면서 말했다.

물론 그도 랙스사에 투자를 했다. 하지만 원체 가지고 있는 돈이 그다지 많지 않았다.

가지고 있던 수중의 돈 삼백만원으로 그래도 삼억이란 돈을 쥐게 되었다.

이것도 감지덕지이긴 하나 아쉬웠다.

그의 눈에는 최진혁, 최사장은 절대로 따라갈 수 없는 인물이고 비교의 대상이 아니었다.

나이를 떠나서 말이었다.

하지만 나수빈이나 박정민은 달랐다.

그들보다 먼저 입사한 한중수로서는 그들이 일, 이 백억이란 재산을 얻게 되자 진심으로 부러웠다.

아무리 친한 사이라고 해도 배가 아픈 것은 사실이었다.

사촌이 땅을 사면 배가 아프다는 우리 옛 속담처럼 말이었다.

하지만 이들뿐만 아니었다.

회사 내에서 진혁의 추천에 랙스사에 가지고 있던 여유돈을 투자한 이들이 꽤 되었다.

요즘 회사건물에 들어서면 경비원이나 청소부나 직원들이나 다들 랙스사에 대한 이야기꽃을 피우고 있었다.

아무리 많이 번 사람도 더 투자할 걸하는 아쉬움의 탄식이 새어나왔다.

조금밖에 투자안한 사람은 당연히 땅을 치면서 후회하는 내용이었다.

지금 회사 전체가 랙스사와 진혁 때문에 들썩이고 있는 것은 사실이었다.

진혁은 한중수에게 그 사실을 세세하게 전해 들었다.

'이거 괜한 짓 했군.'

진혁은 한중수의 보고를 들으면서 난처한 표정을 지었다.

랙스사에 대한 정보를 이미 귀환 전에 잘 알고있는 그였기 때문에 혼자만 그 정보를 가지고 투자하기 보다 주위에 권했던 진혁이었다.

하지만 인간의 심리가 이토록 처절할 줄은 몰랐다.

아니 알고는 있었다.

그래도 믿으려고 했다.

이들에게 조금이라도 도움이 되고 싶은 마음이 더 컸기 때문에 자신의 결정에 스스로 위안을 한 셈이었다.

그런데 막상 뚜껑을 열고 보니 그 자신이 생각한 것보다 랙스사의 고공행진이 진척이 너무 빨랐다.

그로 인해서 사람들은 엄청난 초대박의 행운을 쥘 수가 있었다.

진혁 자신은 물론이고 말이었다.

하지만 빠른 속도로 벌어들이는 돈은 그만큼 간수를 하지 못하면 오히려 못 번것보다 못할 것이 뻔했다.

지금 유행하는 주택복권이나 2002년에 시행되는 로또복권이나 1등에 당첨된 사람들의 삶이 복권 당첨후 몇 년 뒤가 더 비참한 것은 그런 연유에서였다.

돈을 가질 수 있는 그릇이 먼저 되어야 했다.

안 그러면 돈에게 잡아먹힐 수가 있었다.

돈의 노예로 말이었다.

진혁이 판테온에서 100년을 살지 않았더라면 그 자신도 지금 꽤 많이 돈에 휘둘려서 지낼 것이 뻔했다.

진혁은 세사람을 찬찬이 들여다 보았다.

랙스사 덕분에 이들이 자신을 바라보는 눈이 더욱 불타 오르고 있었다.

다소 부담스러운 것은 사실이었다.

'방법을 강구해야겠는데.'

진혁은 이마를 찡그리면서 생각했다.

게다가 앞으로 더 이런 일은 비일비재해질지도 몰랐다.

바로 네이비 때문이었다.

진혁의 최대 고민이 바로 그것이었다.

그는 네이비가 출시만 되면 무조건 성공할 것이라는 확신을 가지고 있었다.

그런데 그 출시도 그의 예상을 뛰어넘고 있었다.

진혁은 어제 집에 돌아오자마자 자신 앞에 놓인 돈의 잔치에 오히려 커다란 고민만이 늘어나고 있었다.

그 돈이 주는 위험을 잘 알고 있기 때문이었다.

"사장님, 네이비는 5월이면 출시가 가능하다면서요?"

박정민이 진혁에게 질문을 했다.

그 덕에 진혁의 상념이 깨졌다.

그는 박정민을 쳐다보면서 대답했다.

"어제 동생에게 들었습니다. 최성현 교수님이 도와준 덕분에 예정보다 1년 가까이 앞당길 수 있다고 했습니다."

진혁이 이맛살을 찌푸리면서 말했다.

이것이 문제였다.

예상보다 진행이 빨랐다.

원래 그가 아는 네이비는 99년 6월이나 되어야 정식서비스를 시작한다.

그런데 1년 1개월이나 빨리 진혁이 운영하는 중앙투자개발회사에서 출시하는 셈이었다.

처음 연구를 시작할 때만 해도 내년이나 혹은 내후년이나 가능하게 여겨지던 것이 어느새 빠른 속도로 진척을 보였다.

출시만 돼도 좋겠다는 막연한 기대감과 희망이 오히려 지금은 그리울 지경이었다.

이미 어제 동생 진명으로부터 네이비에 관한 모든 것을 집에서 보고 받았다.

동생 진명으로 부터 네이비에 관한 것을 들으면 들을수록 귀환 전 대한민국의 포탈검색엔진사이트였던 네이비와 완벽하게 똑같았다.

진혁으로서는 그것도 신기할 지경이었다.

그 자신이 몇 가지 아이템을 사전에 주기는 했으나 그것을 완벽하게 성공시킬지는 몰랐다.

바로 출시를 하자마자 그런 아이템 기능이 탑재될지는 몰랐다.

실제로 2002년쯤에나 제공되는 지식검색마저 금년 5월에 출시될 때 바로 탑재되어 있었다.

진혁은 이래저래 귀환전과 귀환 후 달라진 속도감에 당혹감을 느꼈다.

요 근래 아버지의 일과 경주의 일로 정신이 없던터라 더욱 그랬다.

아무래도 앞으로 그가 주시해야할 변수들이 많이 늘어날 것이라는 것을 직감했다.

어쨌든 지금은 이미 벌어진 일에 대해서 최선을 다해야 하는 순간이었다.

"안그래도 그것 때문에 의논드릴 것이 있습니다."

진혁이 운을 뗐다.

백군상, 한중수, 박정민은 진혁의 입을 쳐다보았다.

"네이비는 자체적으로 주식회사를 설립하려고 합니다. 중앙투자개발의 자회사로 말입니다."

오!

와아.

짝짝짝.

짝짝짝!

세 사람은 진혁의 말을 듣고는 박수를 치면서 환호성을

질렀다.

"우리가 이제 자회사까지 있는 겁니까?"

박정민이 뿌듯한 표정을 지어보이면서 말했다.

"그렇게 되었습니다. 아무래도 네이비가 사업을 하기 위해서는 단독으로 할 수 있도록 날개를 달아주는 것이 맞다고 여겨졌습니다."

진혁이 말했다.

"우리는 무조건 환영이네. 자네 결정대로 하지."

백군상이 말했다.

그렇게 말하는 그의 표정엔 진한 아쉬움이 남아있기는 했다.

어차피 중앙투자개발도 사실상 진혁이 회사의 전부라고 해도 될만큼 최대주주였다.

백군상이 일부 주식을 소유하고 있기는 하지만 처음 설립 때 진혁 위주로 회사를 만들었기 때문이었다.

처음에는 위험부담 자체를 진혁이 부담하는 취지였다. 그런데 이제는 초반에 백군상, 그 자신이 확실하게 뛰어들지 않았던 것이 후회되었다.

진혁이 부탁한 일들을 처리하면서 나름 수수료도 확실하게 챙겼으니 딱히 할 말이 없는 셈이었다.

'이렇게 잘 될 줄이야.'

백군상은 이제부터는 진혁을 믿고 투자하자고 결심을

했다가도 막상 진혁의 어이없는 투자를 보면 항상 망설였다.

자신의 전부를 건다는 것이 살아온 세월이 진혁보다 몇 배는 되는 백군상으로서는 쉬운 일이 아니었다.

그러다보니 꼭 같은 패턴이 반복되고 있었다.

늘 대박이 나고, 자신은 땅을 치고 말이었다.

"아이고, 나는 왜 맨날 이러는지 몰라."

백군상이 결국은 속내를 터트렸다.

일종의 한탄이었다.

"그러게요. 백이사님 왜 그러셨어요?"

한중수가 옆에서 거들었다.

진혁만큼 백군상이 투자를 어떻게 했었는지 잘 알고 있는 그였기 때문이었다.

"……"

진혁은 이럴 때 뭐라 말해야 할지 모르겠다.

그런 심정이었다.

물론 백군상이 지금 화나있거나 한 것은 아니었다.

하지만 그도 사람이었다.

몇 천억이란 돈이 눈앞에서 왔다 갔다 했으니 한탄할 만도 하긴 했다.

지금 진혁이 투자한 랙스사외 벤처사들도 초고속으로 주식이 엄청나게 뛰어오르고 있었다.

대한민국이 벤처열풍에 사로잡혔기 때문이었다.

특히 게임사들은 그 유례를 찾아볼 수 없을 정도로 엄청나게 고속성장을 하고 있었다.

그리고 앞으로도 게임사들은 벤처열풍과 관계없이 지금보다 더 엄청난 성장을 할 게 뻔했다.

"자회사를 설립하게 되면 주식은 상당부분 직원들에게 나누어드리려고 합니다."

진혁이 진짜 용건을 꺼냈다.

"정말인가?"

백군상의 눈이 휘둥그레졌다.

물론 한중수와 박정민도 마찬가지였다.

"물론 회사 의사결정에 문제가 생기지 않도록 주식배분을 고려는 해야 합니다. 가능한 범위 내에서 여기 계신분들부터 건물을 관리해주는 모든 분들에게 나눠드리려고 합니다."

"청소부까지?"

백군상이 물었다.

"그분들도 우리 직원이지 않습니까?"

진혁은 당연하다는 듯이 대답했다.

애초에 그는 청소하시는 분들도 모두 직원으로 채용했었다.

그랬기 때문에 주식배분에 대해서도 사전에 생각하고

있었다.

"그, 그래도 청소부들인데……."

백군상이 혀를 차면서 말했다.

그의 말투에서 청소부들을 하찮게 여기는 느낌이 강하게 배어있었다.

진혁은 그런 백군상을 말없이 쳐다보았다.

그의 눈엔 지금 백군상이 가장 탐욕에 젖어있는 인간으로 보였다.

중앙투자개발의 사장실은 적막감마저 흘렀다.

이윽고 진혁이 입을 열었다.

"저는 그분들이나 저나 다른 점을 모르겠습니다."

진혁이 말했다.

"그게 무슨 말인가?"

백군상은 진혁의 말에 의아한 표정을 지었다.

진혁은 백군상의 눈을 들여다보면서 말을 꺼냈다.

"항상 태백산에서 가면 느끼는 것이 있습니다. 멀리서 산을 보면 그 나무가 그 나무 같습니다. 물론 가까이 보면 각자 다른 아름다움을 뿜어냅니다. 거칠고 마른 나무도 그 나무대로 소용이 있고, 설령 소용이 없다고 해도 태백산을 이루는 하나입니다. 만약 하느님이란 존재가 있다면 분명 하늘에서 우리를 내려다보시면 느끼는 심정이 그럴 겁니다. 저나 그분들이나 다를 바가 없다고…"

"……"

백군상은 진혁의 말을 들으면 들을수록 그 자신이 부끄러워졌다.

한 번도 청소부라든지 자신들을 위해서 잡일을 하는 사람들에 대해서 존귀하다고 여겨본 적이 없었다.

아니 그 자신과 같은 존재로 여겨본 적이 없었다.

한중수만 하더라도 백군상 자신을 위해서 잡일을 해주는 후배정도로 여겼다.

딱 그 정도로 말이었다.

항상 그런 식으로 자신도 모르게 사람의 가치를 매긴 듯싶었다.

성공할 수 있는 자.

그런 자들을 발굴하는 능력이 탁월한 백군상이었다.

오히려 그런 능력이 그 자신을 철저하게 탐욕에 찌든 인간으로 전락시켜 버리고 말았다.

백군상은 자신도 모르게 고개를 끄덕였다.

좀 전까지 좀 더 벌 수 있는 기회를 놓친 것을 아쉬워하던 그였다.

하지만 지금 그는 마음의 변화를 겪고 있었다.

진혁이 왜 그런 말을 하는지 알아들었기 때문이었다.

한중수나 박정민 역시 마찬가지였다.

"내가 나이를 헛먹었네."

백군상은 진혁에게 진심으로 미안한 표정을 지으면서 말했다.

그는 청소부들까지도 마음을 쓰는 진혁의 태도를 보고 그 자신이 오히려 그간 세욕에 찌들어있었다는 것을 깨달았기 때문이었다.

사람의 마음은 한순간이었다.

속상하고 분하고 억울하고 미치고 팔짝뛸 것 같았던 백군상의 마음이 어느 순간에 차분하게 가라앉고 있었다.

자신이 그간 얼마나 세상에 찌들었는지 깨달았기 때문이었다.

돈밖에 모르고 살던 그 자신에게 진혁은 또 새로운 세상을 보여주고 있었다.

진혁을 바라보는 백군상의 얼굴엔 진심으로 그를 경애하는 빛이 차츰 띠고 있었다.

"최사장 얘기를 듣고 보니 부끄럽구먼."

백군상은 멋쩍은 표정을 지어 보이면서 계속 말을 이어나갔다.

"그동안 내가 너무 세파에 찌들었어. 이제 툭툭 털어야겠네."

백군상은 시원스럽게 자신의 과오를 인정했다.

그런 면에서 백군상은 참 멋진 사람이었다.

진혁도 백군상의 장점을 익히 알고 있었다.

그 자신만의 아집도 있는 백군상이었지만 그 것이 잘못되었다는 것을 스스로 깨우칠 때는 재빨리 털어내 버리는 것도 빨랐다.

'다행이군.'

진혁은 백군상이 빠르게 자신의 탐욕에서 벗어나는 것을 보고 내심 안심을 했다.

가장 그가 걱정하던 부분이었다.

그동안 백군상을 믿고 의지하면서 함께 사업을 벌였던 터라 더욱 그랬다.

다행히 백군상은 생각지도 못한 포인트에서 그 자신의 탐욕에서 벗어나고 있었다.

게다가 한중수나 박정민도 오늘 이런 대화 덕분에 평소 지나치고 있던 청소부원들이나 경비원들에게 대하는 태도가 달라질 것이었다.

진혁은 이제 눈앞의 세 사람, 그들의 표정만 봐도 알 수가 있었다.

이들이 진심으로 세상을 달리 보려고 한다는 것을 말이었다.

이런 이들이 앞으로 중앙투자개발에 헌신을 하는 한 회사는 날개를 달고 비약적으로 도약할 수 있을 것이라고 진혁은 굳게 믿었다.

그의 얼굴에 점차 미소가 만면해졌다.

좀 전에 그가 느낀 절망은 희망으로 바뀌어졌기 때문이었다.

진혁은 백군상과 한중수, 박정민을 쳐다보면서 입을 열었다.

"5월부터는 주식투자에 들어 갈 겁니다. 하지만….."

진혁이 말을 꺼내면서 세 사람의 얼굴을 한사람, 한사람 뚫어지게 쳐다보았다.

"그전에?"

백군상이 의아한 표정을 지으면서 말했다.

"아무래도 우리 성공학 강사를 초빙해서 연수 좀 해야겠습니다."

진혁이 씨익 웃었다.

"그, 그게 무슨 소리?"

백군상이 더 어이없다는 듯이 말했다.

"지금 우리가 가진 것에 만족할 줄을 모르잖습니까? 그리고 벌었던 못 벌었든 계속 후회하고 있지 않습니까? 이런 식으로 나갔다가는 우리 자신의 본질을 잃고 말게 될 것이 뻔합니다. 이것은 우리뿐만 아니라 전 직원들 모두 해당됩니다. 아무래도 투자개발회사인 직원 들 답게 앞으로 어떤 상황이 와도 의연하게 받아들일 수 있는 돈그릇이 필요합니다."

"돈그릇이라⋯."

백군상이 중얼거렸다.

"돈을 제대로 소유할 수 있으려면 그 돈을 담을 그릇이 되어야 합니다."

진혁이 단호하게 말했다.

"그러세, 우리 모두 제대로 정신교육 좀 받고 돈그릇을 넓혀보자고. 하하하하."

백군상이 진혁의 말에 맞장구를 치면서 웃었다.

한중수와 박정민의 표정이 어느새 밝아졌다.

긴장감이 감돌던 사장실은 어느새 밝아졌다.

밖에서 이들의 대화를 엿듣던 나수빈의 표정도 그만큼 밝아졌다.

'역시 사장님 최고!'

대통령배 고교야구가 개막되었다.

서울고의 야구부도 당연히 대통령배에 참가를 했다.

올해 열리는 대통령배 고교야구는 고3인 한진상이나 이동명의 경우는 더욱 절박한 상황이었다.

4강에 들게 되면 대학진학을 약속받을 수 있기 때문이었다. 그러나 서울고의 경우 한번도 16강안에 들지 못했기 때문이었다.

그런 만큼 이번엔 반드시 4강에 진입해야 했다.

앞으로 3개의 전국규모 대회가 남아있기는 하지만 그들에게는 올해 열리는 모든 대회가 항상 마지막이란 심정으로 배수진을 쳐야 했다.

서울고의 야구부감독인 서인석은 요즘 새로운 입버릇이 생겼다.

"최진혁 그놈 왔어?"

야구훈련이 끝나고 나면 야구매니저인 박미현을 불러 세워서는 꼭 묻는 말이었다.

"아직 바쁘다는데요."

박미현이 난처한 듯한 미소를 띠면서 말했다.

진혁이 야구단에 가입하자 박미현도 야구단의 매니저로 가입했다.

그덕에 야구에 대해서 전혀 몰랐던 그녀는 하루가 다르게 야구의 매력에 푹 빠져있었다.

하지만 그녀를 매일 괴롭히는 것은 바로 서인석 감독의 저 질문이었다.

진혁이 한동안 바쁠 것이라고 말한 것은 둘째치고 하필 자신의 말 때문에 경주에 가버린 것도 문제였다.

게다가 언니인 박지현에게 걸려온 전화, 진혁이 사업 때문에 한동안 경주에서 머물 것 같다는 내용이었다.

하지만 경주에서 돌아온 지금도 여전히 회사의 일로 인해서 학교조차 제대로 나오고 있지 않는 진혁이었다.

그 때문에 일부러 학교가 끝난 후 진혁의 집에 저녁을 먹으러 가곤 했지만 정작 당사자인 진혁은 보지 못했다.

소희와 지혜만이 그녀를 반겼다.

세 여자는 항상 저녁식사 자리에서 진혁을 디스하는 것으로 수다를 떨었다.

그만큼 진혁의 얼굴을 보기 힘들어서 였다.

어쨌거나 박미현은 낭패였다.

야구부 전원이 내심 진혁을 기다리고 있기 때문이었다.

서인석 감독은 오매불망 진혁만을 바라보는 눈치였다.

'아무래도 불안하시겠지.'

진혁에게 야구훈련을 시키겠다는 의도가 아니라는 것은 그녀도 잘 알고 있었다.

올해도 4강에 들지 못하면 야구부를 해체시키겠다고 재단이사장부터 교장까지 입버릇처럼 말하고 있기 때문이었다.

"16강 때 까지는 오겠지?"

한진상이 불안하다는 표정을 지으면서 중얼거렸다.

어제 32강을 치뤘다.

다행히 약팀을 만나서 쉽게 16강까지는 올라섰다. 하지만 앞으로 시합을 할 상대팀들이 강적들이었다.

대진운이 극과 극으로 갈리는 셈이었다.

32강까지는 약체중의 약체들과 경기를 벌였다면 16강의 경우는 전년도 황금사자기 우승팀인 천안북일고와 8강은 경우는 봉황대기 우승팀인 휘문고나 준우승팀인 부산고중에 붙을 게 뻔했다.

물론 16강을 이겨야 가능한 일이었지만 말이었다.

한진상은 진혁의 공을 떠올렸다.

거의 프로야구 투수들의 위력과 맞먹는 속도였다.

그 먼 거리에서 정확하게 자신의 미트 안으로 빨려 들어온 것을 보면 공 컨트롤도 완벽해보였다.

'그놈만 있으면….'

한진상은 4번타자이자 자신의 절친인 이동명을 쳐다보았다.

두 사람의 눈빛이 허공에서 만났다.

둘 다 누구라고 할 것도 없이 고개를 끄덕였다.

"그놈 집이 어디니?"

이동명이 박미현에게 질문했다.

"찾아가시게요?"

"가서 놈을 끌고라도 와야지."

한진상이 대답했다.

"에효, 저도 여태 얼굴한번 못 봤어요. 집에 가봐야 여동생뿐이에요."

박미현이 한숨을 쉬면서 말했다.

"그 정도야?"

한진상이 아쉬운 목소리로 질문했다.

"제가 비서에게 연락은 해놓을게요. 16강전은 꼭 참석하라고."

박미현이 한진상과 이동명을 달래듯이 말했다.

"내일이 16강인데 올 수 있을까?"

그렇게 말하는 이동명은 막막한 표정을 지었다.

"꼭 와야지."

한진상이 한숨을 내쉬었다.

진혁만을 바라보는 자신들의 태도가 한심하게 여겨졌기 때문이었다.

그러나 당장 황금사자기 우승팀인 천안북일고를 이겨야 했다.

알량한 자신들의 자존심 따위는 지금 아무런 의미도 없는 것이었다.

"두분 힘내세요!"

박미현이 미소를 띠었다.

하지만 그녀도 내심 불안하기는 마찬가지였다.

박미현이 진혁에 대해서 지금 아는 것이라곤 사업이 매우 바쁘다는 것이었다.

어제 저녁 진혁의 동생 소희에게 들은 내용으로는 오랫

동안 동생 진명과 연구했던 일이 곧 출시된다고 했다.

그것이 뭔지는 모르지만 그것을 위해서 장시간 연구하고 엄청난 돈을 투자하고 그랬다고 소희는 박미현에게 전해 주었다.

막대한 돈과 시간이 투자되었다면… 진혁을 야구장으로 데려올 수 있을지 박미현도 장담할 수가 없었다.

❖

16강이 열리는 동대문야구장.

평일이었지만 꽤 많은 관중들이 몰렸다.

천안북일고 학생들뿐 아니라 일반 성인들도 꽤 많았다.

고교야구 중 가장 유명한 야구대회여서 그런 까닭도 있었지만 IMF가 터지고 많은 직장인들이 실업상태로 내몰렸다.

많은 이들이 아직 고교야구에 애착을 갖고 있었기 때문에 그들 중 많은 이들이 고교야구를 보러 왔다.

길거리에서 방황하느니 말이었다.

"그놈은?"

서인석 감독이 박미현을 불러 세웠다.

"비서에게 메모는 전해두었어요. 오늘 중요한 회의가 있데요."

그렇게 전하는 박미현의 얼굴은 어두웠다.

그녀의 마음 같아서는 진혁을 보면 한 대 패주고 싶었다.

하지만 그도 인간인지라 몸이 10개라도 시간이 없다는 것을 아주 모르지는 않았다.

'후유, 오늘 이길 수나 있을까?'

박미현은 오늘 서울고의 대진 상대인 천안북일고 관중석을 보았다.

평일임에도 불구하고 천안북일고에서 대다수의 1, 2학년 학생들이 경기를 보려고 서울에 있는 동대문야구장까지 단체버스를 대절해서 온 것이었다.

그만큼 대통령배 고교야구를 향한 학교 측의 우승의지와 학생들의 열의가 대단했다.

와아!

와!

둥.둥.둥

이 세상에 천안북일고가 없으면 무슨 재미로~

동대문야구장 안은 온통 천안북일고를 응원하는 함성을 가득 찼다.

야구가 시작도 하기 전에 서울고 야구부원들은 주눅이 들 지경이었다.

"자, 자. 힘내자고!"

서울고의 서인석 감독이 야구부원들을 독려했다.

서울고의 선발투수는 당연히 이동명이었다. 4번타자이기도 하고 강속구 투수이기도 한 그를 선발로 내세웠다.

오늘 16강을 이겨야 8강에 오를 수 있기 때문이었다.

물론 8강에도 어려운 상대들로 포진해있었다.

또 다른 경기장에서는 휘문고와 부산고가 오늘 격돌을 한다.

그 경기에서 승자가 천안북일고와 서울고의 16강전 승자와 맞붙게 되어 있었다.

그야말로 첩첩산중.

서인석 감독의 마음은 답답했다.

일단은 16강전에 모든 것을 올인해야 했다.

추첨결과 서울고가 먼저 공격에 나섰다.

이동명과 한진상은 물론이고 서울고 야구부원들은 모두 빙둘러 서서 결의를 다졌다.

파이팅!

서울고의 대기석에는 그들의 기합소리가 기운차게 울렸다. 그뒤에서 야구부매니저들은 박수를 치면서 이들을 독려했다.

박미현만이 그 자리에 없었다.

그녀는 야구운영본부실에 있었다.

진혁에게 전화를 걸기 위해서였다.

어떻게서든지 그가 올 수 있도록 박미현은 할 수 있는 한 최선을 다하고 싶었다.

서울고 야구부원들의 땀과 노력을 알기 때문이었다. 그리고 올해 아니면 더는 기회가 없는 야구부였기 때문이었다.

(아직도 회의 중이세요. 어쩌죠.)

수화기 너머 나수빈의 안타까운 목소리가 들려왔다.

"언제쯤 회의가 끝날 것 같아요?"

(그걸 잘 모르겠어요. 사장님께서는 최대한 빨리 끝내겠다고 했는데 랙스사에서 워낙 중요한 일들이 많아서….)

나수빈은 자신이 할 수 있는 말을 어기고 그 이상을 박미현에게 알려주고 있었다.

그녀도 그동안 박미현과 많이 친해진 까닭도 있고 야구부 사정도 들어서 잘 알고 있었다.

하지만 진혁이 처한 상황은 정말이지 어느 한곳에 올인을 할 수 없을 정도로 바쁜 상황이었다.

푸에르토리코와 경주에 뺏긴 시간만큼 사업상 쌓인 일들이 그를 내몰고 있었다.

랙스사와 그 외 투자한 벤처사들이 예상을 뛰어넘어 고공행진을 하는 까닭도 있었다.

각 회사에 투자를 많이 한 진혁으로서는 대주주로서 제

대로 의결을 해야만 하는 일들이 많았다.

또한 진혁은 과거 회귀 전에 벤처사들이 거품을 끼고 온갖 행태를 저지른 일들을 잘 알고 있었다.

그런 만큼 회귀 후 그가 관련되어있는 벤처사들만이라도 장부조작, 실적조작 등을 못하게 하기 위해서 철저하게 지휘하고 있었다.

어느 것 하나 소홀할 수가 없었다.

"죄송한데 최대한 빨리 와달라고 전해주세요. 막 경기가 시작되었거든요."

(제가 메모는 살짝 넣을게요.)

수화기 너머 나수빈의 안타까운 목소리가 들려왔다.

찰칵.

"휴."

박미현은 한숨을 쉬었다.

진혁의 비서 나수빈이 고교야구 16강전을 우습게 여기지 않는 것만으로도 지금은 감사했다.

깡!

와아!

경쾌한 타격음과 함께 관중들의 함성소리가 경기장에 울려 퍼지는 것이 들려왔다.

본부실을 나서는 박미현은 그것이 곧 서울고를 위한 함성이 아니라는 것을 깨달았다.

지금 관중석의 대부분은 천안북일고의 학생들이니깐 말이었다.

천안북일고의 2번 타자가 홈런을 쳤다.

1회말 2점을 천안북일고에서 먼저 선취를 했다.

게다가 아직도 노아웃 상태였다.

'어쩜 좋아.'

박미현은 전광판을 한번 바라보고 서울고의 덕아웃 쪽을 힐끔 쳐다보았다.

감독과 후보 선수들의 얼굴표정이 좋지 않았다.

물론 수비를 하고 있는 선수들 역시 멀리서나마 그들이 몹시 긴장하고 있다는 것을 알 수가 있었다.

'진혁이 빨리 와야 할 텐데.'

이제 겨우 1회말이다.

그런데 벌써 무사에 2점을 선취한 천안북일고다.

둥.둥.둥.

경기장안은 여전히 천안북일고의 응원단석에서 들려오는 신나는 북소리와 함성소리가 울려 퍼지고 있었다.

이 세상에 천안북일고가 없으면 무슨 재미로!!

이래봐도 천안!

저래봐도 북일!

천안북일이 최고야!!!

동대문야구장 안은 온통 천안북일고 학생들의 응원소리로 가득 찼다.

7 : 0

당연히 천안북일고가 7점 앞서나가고 있었다.

치욕도 이런 치욕이 없었다.

천안북일고를 상대로 서울고는 단 1점도 뽑아내지 못하고 있었다.

명색이 매년 16강에는 드는 팀 치고는 어이없는 경기결과였다.

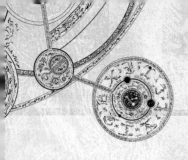

Return of the Meister

NEO MODERN FANTASY STORY

7. 새로운 역사

7. 새로운 역사

Return of the Meister

경기는 어느새 9회 초에 접어들고 있었다.

"기회는 더 이상 남지 않았다. 후회 없이 싸우자!"

서인석 감독은 목이 부르터 질 새라 선수들을 독려했다.

선수들 역시 서로의 어깨를 붙잡고 파이팅을 외쳤다.

하지만 이들의 마음속에는 어느새 패배의식이 찾아오고 있었다.

"1번 타자는 무조건 데드볼과 포볼로 무조건 나가."

서인석 감독이 작전 지시를 했다.

데드볼 작전.

어떻게든지 8회 초에 점수를 한 점이라도 악착같이 따야 했다.

1, 2번 선수들이 데드볼과 포볼을 따낸다면 3, 4번 선수들이 안타 한방 날려주면 최소 1, 2점은 딸 수가 있기 때문이었다.

서인석 감독의 작전 지시에 1, 2번 선수들이 온몸을 불사르듯이 비장한 각오를 하고 경기에 임했다.

상대선수에게 데드볼을 유도하기 위해서는 계속해서 볼을 커트해야 한다.

상대투수를 지치게 함으로써 볼컨트롤과 볼배합의 밸런스를 무너뜨리기 위해서였다.

운 좋으면 포볼이고 안 되면 데드볼을 유도할 수가 있기 때문이었다.

펙!

욱!

2번 타자가 연속적으로 볼을 커트하는 바람에 이미 짜증이 극한에 오른 천안북일고 투수는 자신도 모르게 실투를 하고 말았다.

서울고 2번 타자의 정강이에 강속구로 날린 볼이 그대로 내려 꽂혔기 때문이었다.

우우우우.

순간 야구경기장 안은 온통 야유소리가 가득했다.

1번 타자 때부터 계속적인 볼 커트로 인해서 천안북일고의 응원석 역시 짜증이 오를 만큼 올라있었던 까닭이었다.

그들은 실투를 한 천안북일고 투수를 옹호했다.

우르르르.

덕아웃에 있던 서울고 야구부원들 전부가 몰려 나왔다. 간신히 감독이 그들을 막고 대표로 주심이 있는 곳으로 향했다.

주심의 결과는 투수의 고의성이 없는 것으로 바로 결정이 났다.

"그러게 어린 학생들에게 왜 이런 작전을 쓰나?"

주심은 오히려 서울고의 서인석 감독에게 짜증을 냈다.

그도 악착같이 덤벼든 서울고의 1, 2번 타자들에게 은근히 짜증이 나있던 상태였다.

서인석 감독은 얼굴이 시뻘개졌다.

하지만 자신이 창피한 것보다는 선수가 괜찮은지가 더 중요했다.

"감독님, 저 괜찮아요."

서울고의 2번 타자인 안승리는 간신히 목소리를 쥐어짜냈다.

"수고했다. 너는 들어가 치료받아라."

"제가 직접 나가겠습니다."

안승리는 서인석 감독을 보면서 간청했다.

"치료가 우선이다."

서인석 감독은 단호하게 말했다.

"그렇지만 우리 팀에서 저처럼 빨리 달리는 다람쥐도 없을 걸요? 만약 민수나 동명이 형이 안타를 친다면 제가 베이스에 들어와야 2점은 올릴 수 있잖아요?"

안승리가 고집을 부렸다.

서인석 감독은 잠시 고민에 빠졌다.

안승리 말이 맞긴 맞다.

팀 내에서 제일 걸음이 빠르고 도루에 능한 선수가 안승리였다.

"그 몸으로 가능하겠냐?"

"맡겨 주세요."

안승리는 얼굴을 찌푸리면서도 미소를 잃지 않으려고 애를 썼다.

서인석 감독은 순간 울컥했다.

조금 떨어진 곳에서 두 사람을 바라보는 덕아웃에 있는 서울고 선수들도 마찬가지였다.

'승리야, 기다려.'

3번 타자 채민수는 절뚝거리면서 1루 베이스를 걸어 나가는 안승리의 뒷모습을 지켜보았다.

그와 안승리는 2학년 선수였다.

두 선수는 다른 선수들에 비해서 일찍 주전자리를 꿰찬 만큼 둘 사이의 우정도 매우 각별했다.

"무리하지 마. 상대는 너에게 병살을 유도할 거야."

서인석 감독이 채민수에게 신신당부를 했다.

채민수는 그 말에 고개를 끄덕였다.

"욕심내서 높게 치지 마."

서인석 감독은 상대 투수를 힐끔 쳐다보고는 다시 한 번 채민수에게 주문을 했다.

천안북일고의 투수는 상대편에게 볼을 맞혀 플라이 아웃을 유도하기로 유명했다.

채민수는 홈플레이트 위에 발을 내디뎠다.

그리고 타격자세를 취했다.

"개새끼들."

그의 뒤로 천안북일고 포수가 자신을 향해서 중얼거리는 소리가 들려왔다.

'참자.'

채민수는 이를 악물었다.

그의 눈은 1루에 서있는 안승리에게 향했다.

멀리 떨어져 있지만 서로의 마음이 통했다.

어떻게든지 안타를 쳐야 했다.

천안북일고의 포수에게 휘둘릴게 아니라.

휘익.

스트라이크!

주심의 경쾌한 소리가 울려 퍼졌다.

우아!

둥. 둥. 둥!

천안북일고의 응원단석은 난리가 났다.

볼 하나 하나에 그들은 신난 반응을 보이고 있었다.

지방고등학교가 서울의 명문사립고등학교를 박살내는 희열감을 야구로 대신해 느끼고 있었다.

그래서 이들은 더욱 서울고의 치욕에 환호성을 지르고 있었다.

스트라이크!

연속 2스트라이크.

채민수는 심호흡을 길게 했다.

자신이 원하는 직구가 아닌 변화구가 연속 들어오는 바람에 타이밍을 놓친 것이었다.

천안북일고의 투수는 3번째 공을 준비하고 있었다.

이제부터 심리싸움이었다.

만약 이번에도 변화구라면?

혹은 직구라면?

엉뚱한 볼에 손을 잘못 대기라도 한다면 그 자신 뿐 아니라 병살당하기 쉽기 때문이었다.

"이번에도 스트라이크다."

뒤에서 천안북일고의 포수가 중얼거렸다.

훼이크였다.

상대타자로 하여금 감을 잡지 못하게 하기 위해서 중얼

거리는 것이었다.

이런 식으로 타자와 포수간의 심리작전은 야구경기에서 너무도 당연했다.

투수가 크게 볼을 던지는 동작을 하고 있었다.

깡.

채민수의 배트가 크게 돌아갔다.

정확하게 볼이 배트 정면에 맞았다.

볼은 그대로 쭈욱 쭈욱 뻗어 나갔다.

1루타였다.

와아!!!

우우우우!!!

응원석 양쪽에서 함성과 조롱이 동시에 터져 나왔다.

그때까지 조용하게 서울고를 응원하던 관객들이 흥분해서 자리에서 벌떡 일어났다.

무사 만루상태였다.

1, 2번 선수들이 데드볼로 나간 다음, 3번 채민수가 1루타로 1루에 진출했기 때문이었다.

이제 4번 타자 이동명의 차례였다.

모두가 이동명을 쳐다보았다.

꿀꺽.

서울고의 이동명 조차 긴장한 기색이 역력했다.

"마음껏 휘둘러라."

서인석 감독은 이동명에게 별다른 주문을 하지 않았다.

지금이 찬스이다.

하지만 이럴 때 부담을 주어봤자 도움이 되지 않았다.

이번 타석에서 이동명이 점수를 올린다고 해도 천안북일고의 7점을 따라가려면 한참 남아 있었다.

그런 만큼 그 어떤 부담도 주지 않고 이동명이 마음껏 치게 하는 것이 낫다는 판단을 내렸다.

이동명은 감독과 덕아웃의 동료선수들을 한번 쳐다보고는 타석으로 향했다.

역시나 그도 천안북일고의 포수가 내지르는 깐족을 받아야 했다.

하지만 채민수가 그랬던 것처럼 이동명도 휘둘리지 않았다.

9회초.

마지막 경기라는 부담감이 서울고 야구부원들을 결속시키고 있었다.

모두가 이번 타석에만 올인하고 있었다.

'진작 이랬어야 하는데.'

이동명이 다소 아쉬운 것은 있었다.

지나간 1-8회초의 모든 공격이 아쉬웠다.

하지만 시간을 되돌린다고 경기결과가 바뀌리라는 보장은 없다.

야구는 9회말 투아웃부터 라는 말도 있지 않는가.

쏴아악.

천안북일고의 주전투수가 내지르는 강속구가 힘찬 속도로 포수의 미트속을 향했다.

깡!

이동명은 배트를 휘둘렀다.

공은 높이 높이 날아가 우익수가 있는 쪽을 향했다.

천안북일고의 우익수는 자신에게 날라 오는 야구공을 잡기 위해서 글로브를 높이 쳐들었다.

한끝차이.

그야말로 운이 좋았다.

이동명이 쳐낸 야구공이 천안북일고 우익수의 야구글러브에 들어올 것 같더니 아슬아슬한 차이로 그 옆으로 떨어졌다.

순간 천안북일고 우익수는 허둥대었다.

그 덕분에 1루와 2루, 3루에 있던 서울고 선수들이 전부다 홈베이스를 밟았다.

행운의 안타였다.

와아!!!!

서울고를 응원하던 관중들이 더욱 흥분에 소리를 질렀다.

우우우우.

천안북일고 응원석에서는 이내 야유를 보내왔다.

그 덕분에 동대문야구장 안은 열기로 가득 찼다.

'이럴 때 진혁이라도 나타나주면.'

박미현은 이 상황이 안타까웠다.

현재 무사 1루 찬스.

7 : 4의 상황이었다.

3점만 더 올린다면 경기는 승산이 있었다.

하지만 이제 서울고의 공격선수들은 5, 6, 7번… 하위타
순으로 연결되고 있었다.

진혁의 등장이 더욱 간절해졌다.

다행히 5, 6번 타자는 볼넷으로 또 진루를 했다.

하지만 그 뒤를 이어 7번 타자는 스트라이크 삼진 아웃
당했다.

상황이 점점 손에 땀이 흐를 만큼 긴박해져갔다.

이대로 허무하게 무너질 수는 없었다.

박미현은 또다시 운영본부실로 달려가고 있었다.

풱.

박미현이 너무 급하게 달리느라 복도에 있던 사내를 미
처 발견하지 못했다.

그 바람에 사내의 품에 그대로 안긴 격이 되었다.

"죄, 죄송…?"

박미현은 얼굴이 시뻘개 진채로 위를 쳐다보았다.

"너 어디가?"

진혁이었다.

"야! 최진혁!"

진혁인 것을 확인하는 순간 박미현은 자신도 모르게 고함을 질러댔다.

"우리 이럴 상황이 아니지?"

진혁은 싱긋 웃으면서 박미현의 손을 잡은 채 달렸다.

박미현은 엉겁결에 다시 서울고의 덕아웃을 향해서 진혁과 뛰어갔다.

그녀의 얼굴이 환해진 것은 물론이었다.

"죄송합니다. 감독님."

진혁은 덕아웃에 들어서자마자 서인석 감독에게 먼저 다가가 사과를 했다.

"상황은 들었네."

서인석 감독은 진혁의 말을 듣고는 그의 어깨를 두드려주었다.

진혁에 관해서는 박미현에게 대충 그간 들었기 때문이었다.

그가 시작한 사업이 지금 한창 날개를 달고 있다는 것도 말이었다.

게다가 진혁이 야구에 목숨을 걸어야 할 이유가 전혀 없었다.

이렇게 와준 것만으로도 서인석 감독은 고맙기 짝이 없

었다.

"지금 경기를 할 수 있는가?"

"맡겨만 주십시오."

진혁이 고개를 끄덕이면서 말했다.

그때였다.

스트라이이크~~~아웃!

서울고의 8번 선수가 삼진 아웃을 당했다.

이로서 서울고는 2아웃에 주자 만루상황이었다.

진혁은 대타자로 타석에 나섰다.

장내에 대타자 등장이라는 아나운서의 안내에 양쪽에서
함성과 조롱이 터져 나왔다.

와아아아!

우우우우우!

모두가 진혁에게 시선을 고정했다.

이제 이 타석 하나로 승부가 끝날 수도 있기 때문이었다.

볼!

주심의 경쾌한 소리가 울려 퍼졌다.

진혁은 침착하게 상대 투수를 노려보았다.

그는 다시 투구자세를 취하고 있었다.

진혁의 입가에서 미소가 싱긋 올랐다.

까아앙!!!

엄청난 타격음이 장내에 울려 퍼졌다.

홈런!!!!

"홈런입니다!!!"

장내 아나운서의 흥분소리는 이내 관중석에서 터져 나오는 함성소리에 묻힐 정도였다.

와아아아아아!!!

그 바람에 천안북일고의 응원단은 잠잠해졌다.

7 : 8

역전한 것이었다.

진혁은 천천히 주루를 돌면서 베이스를 밟았다.

"잘했네."

서인석 감독의 얼굴이 환해졌다.

그 제서야 서울고 야구부원들의 얼굴에서 환한 웃음이 터져 나왔다.

심지어 이동명의 눈가는 눈물로 붉어져 있었다.

하지만 이내 다시 순번이 돌아온 1번 타자가 삼진 아웃 당했다.

공수 체인지.

이제 9회 말 천안북일고의 공격만이 남았다.

진혁은 자청해서 투수로 베이스에 올랐다.

와아아아.

우우우우.

응원석에서는 서울고의 교체된 투수가 최진혁이라는

안내방송에 야유와 함성이 오고 갔다.

방금 그가 때린 호쾌한 홈런 때문이었다.

특히 천안북일고의 응원석은 마지막 힘을 내지르기라도 할 것처럼 진혁을 향해서 야유를 퍼부었다.

어떻게든지 그의 기를 누르기 위해서였다.

거의 다 이긴 경기였다.

그런데 마지막 9회 초에서 서울고가 기적같이 기사회생했다.

9회 말에서 단 1점이라도 내지 못하면 그대로 8강은 서울고가 올라가기 때문이었다.

전년도 황금사자기 우승팀인 천안북일고가 16강전에서 탈락할 수는 절대 없었다.

진혁은 침착하게 투수인 한진상을 바라보았다.

한진상이 볼을 던지라는 사인을 보내왔다.

하지만 진혁은 고개를 저었다.

시간낭비를 하기 싫었기 때문이었다.

지금 그는 회의 중간에 빠져 나왔다. 비서인 나수빈의 메모를 보고 잠시 양해를 구하고 나온 것이었다.

그런 만큼 경기를 빨리 끝내고 다시 랙스사와의 회의에 들어가야 했다.

한진상은 어쩔 수 없이 스트라이크 사인을 보내왔다.

끄덕끄덕.

진혁이 볼을 뿌릴 자세를 취했다.

타자는 천안북일고의 3번 타자.

천안북일고로서는 3, 4, 5번으로 이어지는 황금라인업이었다.

게다가 4번, 5번의 타자는 오늘 타석에서 4할대의 타율을 보이고 있었다.

그들의 표정은 자신만만해있었다.

홈런을 친 타자라고 해서 투수로서 그만한 실력이 있다는 것은 아니기 때문이었다.

휙.

진혁의 공이 날라 왔다.

…….

동시에 주심과 천안북일고의 3번 타자가 멍한 표정을 지었다.

공이 너무도 빨랐다.

아니 공을 뿌리는 동시에 뭔가 휙 지나간다고 여겨졌다.

그런데 어느새 투수가 던진 공이 포스의 글로브 속에 들어가 있었다.

한진상은 순간적인 충격에 얼굴을 찡그렸다.

하지만 이내 그는 자신의 글로브를 주심에게 보였다.

스트라이크!

정신을 차린 주심이 소리를 질렀다.

와아!!

관중석도 매한가지였다.

고교 야구선수가 이토록 빠른 공을 뿌리는 것을 보고 경악했다.

'이거 160km 가까이 되겠는데.'

주심은 투수 석에 있는 진혁을 바라보면서 생각했다.

아무래도 괴물투수, 아니 올라운드 플레이어가 탄생했다.

올해 대통령배 고교야구는 저 선수 때문에 파란이 일어난 것으로 직감했다.

경기 결과는 7 : 8.

서울고의 승리였다.

진혁이 단 9개의 공으로 3명의 타자를 전부 삼진아웃으로 잡았기 때문이었다.

9개의 공 전부 시속 160km를 육박하고 있었다.

물론 공식기록은 아니었다.

장내 천안북일고의 관중석은 찬물을 끼얹듯이 조용해진 것은 너무도 당연했다.

다음날 신문의 스포츠 란에는 '파란'이라는 타이틀로 만년 16강팀인 서울고가 작년 황금사자기 우승팀인 천안북일고를 물리쳤다고 대서특필 되었다.

특히, 9회 초와 9회 말에 이어진 짜릿한 명승부는 당연 화제 거리였다.

그리고 그 화제 거리의 중심에는 최진혁이란 세 글자가 있었다.

이변은 역시 휘문고와 부산고에서도 일어났다.

작년 봉황대기 준우승팀이었던 부산고가 우승팀인 휘문고를 꺾고 8강에 올라왔기 때문이었다.

그 얘긴, 서울고가 부산고를 맞아 8강에서 진검승부를 겨뤄야 한다는 뜻이었다.

"그놈 왔어?"

서울고 야구감독인 서인석은 박미현을 불러 세웠다.

"아직이요."

박미현은 한숨을 푹 쉬었다.

정말이지 16강이 해결되고 나니 또 8강이 문제였다.

지금 선수들의 사기는 하늘을 찌르고 있었다.

하지만 그것도 진혁이 있어야 계속 유지될 수 있다.

서인석 감독과 박미현은 서로를 쳐다보면서 한숨만 내쉬었다.

"16강전도 회의 중간에 뛰쳐나온 거래요."

박미현이 말했다.

"고맙지. 나도 안다. 그놈이 바쁘다는 것은."

서인석 감독이 한숨을 푹 쉬면서 대답했다.

하지만 이런 속사정을 학교 재단이사장에게 일일이 말

할 수는 없었다.

"가능한 오겠다고 했으니 올 거예요."

박미현이 싱긋 웃었다.

"그, 그렇겠지?"

서인석 감독이 희미한 미소를 지었다.

지금으로서는 진혁 밖에 대안이 없었다.

어떻게 해서든지 대통령배 고교야구대회에서 4강전에 이름을 올려야 했다.

야구단 해체를 막는 유일한 길이기도 했다.

무엇보다도 올해 고3인 야구선수들이 대학을 갈 수 있는 방법이기도 했으니 말이었다.

다행히 진혁은 8강전이 열리는 시간보다 다소 30분 여유있게 동대문 야구장에 등장했다.

"널 보니 든든하다."

한진상이 진혁을 보면서 말했다.

"감사합니다."

진혁은 멋쩍게 웃었다.

지금 그는 간신히 시간을 내어 이곳으로 왔다.

아직 중요한 미팅들이 그를 기다리고 있었다.

하지만 이것은 어디까지 진혁의 개인 사정이었다.

자신이 서울고 감독에게 다른 선수들처럼 강압하지 말라는 조건하에 야구부에 가입을 했더라도 엄연히 팀을 위해서 행동해야 한다.

그것을 아는 진혁으로서는 같은 야구부원들에게 매우 미안한 마음이 들었다.

'최대한 4강까지는 버티자.'

진혁은 그런 각오로 무리하게 지금 스케줄을 빼고서 이곳으로 온 것이었다.

"진혁아, 고마워."

박미현이 그런 진혁을 반갑게 맞아 주었다.

"나야말로 고맙지."

진혁은 박미현을 바라보면서 웃었다.

그에게 서울고 야구부의 사정과 상황을 전부 알려준 이가 박미현이었다.

게다가 박미현은 엄연히 진혁의 여자친구였다.

그런데 실질적으로 두 사람이 데이트를 한 적은 아예 없었다.

그저 명목적인 여자친구에 불과한 셈이었다.

하지만 박미현은 그럼에도 불구하고 진혁을 살갑게 챙겨주었다.

진혁에게 박미현이라는 여자친구의 존재가 있음으로 해서 이지혜는 진명의 호감표시를 서서히 받아들이고 있었다.

진혁으로서는 박미현에게 이래저래 고마운 것이 한둘이

아니었다.

"다음 주말에 시간나면 영화나 보러가자."

진혁이 박미현에게 말했다.

"시간이 날까?"

오히려 박미현이 손을 내저었다.

"왜?"

"뻔해. 안 봐도 뻔해. 우리 야구부 아직 대통령배 대회 중이고 넌 그 때문에 무리하게 스케줄 빼느라 아마도 다음 주말에 이래저래 바빠질걸?"

박미현이 중얼거렸다.

"그렇긴 하겠네."

진혁은 괜히 박미현에게 미안한 마음이 들었다.

"미안하면 이번 대통령배 우승기를 서울고에 가져다 줘."

박미현이 살짝 웃어보였다.

"우승기?"

진혁이 살짝 당황했다.

그는 서울고가 4강에 올라갈 수 있도록만 힘을 쓸 작정이었다.

가뜩이나 바쁜 스케줄도 있었지만 무엇보다도 그 자신이 언론에 드러나는 것을 꺼려하고 있었기 때문이었다.

안그래도 16강전을 치루자 마자 바로 자신의 이름이 신문지상에 오른 것이 몹시 불편했다.

하지만 16강전의 경우 한회 밖에 투구를 하지 않았기 때문에 화제가 다행히 지속적이지는 않았다.

"부탁해."

박미현이 진혁의 얼굴을 보면서 싱긋 웃었다.

그녀의 미소가 진혁에게 악마의 미소처럼 느껴졌다.

'이를 어쩌지.'

진혁은 난처했다.

"내가 원하는 건 우승기야. 안 그러면 너네 집에 가서 네가 나랑 한 번도 제대로 데이트 안했다고 떠 벌릴거야."

박미현이 해맑게 웃어보였다.

"……."

진혁은 어이없는 표정으로 박미현을 쳐다보았다.

정말이지 여자란 존재는 귀환전이든 귀환후든 무서운 존재가 틀림없었다.

'이왕 이렇게 된 거 확실하게 해야 하나.'

진혁은 속으로 결단을 내렸다.

안그래도 자신의 상황 때문에 서울고를 4강까지 올리려고 한 것에 대해서 다소 찜찜하게 여겼기 때문이었다.

박미현이 저렇게 강경하게 나가는 걸 보니 서울고 야구부원들의 간절한 바램을 전해 들었을 것이었다.

"알았다."

진혁이 고개를 끄덕이면서 말했다.

"얏호!!!"

박미현이 환호성을 지르면서 두 팔을 치켜들었다.

진혁은 그런 그녀의 모습이 참 예쁘다는 생각이 들었다.

'아차, 시간이 그렇게 많지 않지. 이왕 이렇게 된 거 빨리 끝내자.'

진혁은 야구장의 잔디밭을 바라보면서 결심을 했다.

진혁이 처음부터 서울고의 야구부원으로 함께한 8강전.

한마디로 동대문야구장을 찾은 모든 관중들을 경악케 했다.

퍼펙트 게임.

9회말이 되도록 작년 봉황대기 우승팀을 꺾고 올라온 부산고의 야구단이 그 치욕을 당했다.

그것도 한번도 16강 이상의 성적을 내지 못한 서울고에게 말이었다.

결과는 3 : 0

서울고가 3점을 올린 상태로 경기가 끝났다.

물론 경기 결과에 경악을 한 것은 관중들뿐이 아니었다.

야구관계자들뿐 아니라 서울고 선수들까지도 내심 놀라고 있었다.

진혁이 워낙 괴물선수라는 것을 익히 서울고 선수들도 알고 있었다.

하지만 이 정도일 줄은 몰랐다.

그는 9회 내내 투구를 했다.

그것도 정확하게 81개의 공으로 말이었다.

단 세 번에 삼진 스트라이크 아웃.

그렇게 매회 세 명의 주자들을 범퇴시켰다.

경기가 끝난 뒤 서울고 야구부원들은 흥분을 감추지를 못했다.

"이 녀석 어디 갔어?"

서인석 감독이 흥분한 얼굴을 한 채 진혁을 찾았다.

"벌써 회사 갔어요. 늦었데요."

박미현이 재빠르게 다가와서 말했다.

안그래도 진혁이 떠날 때 미리 박미현에게 일러두었기 때문이었다.

"그래그래, 그놈 연락되면 잘했다고 전해라. 4강 전 때 꼭 와야 한다는 말 잊지 말고."

서인석 감독의 얼굴은 연신 싱글벙글 이었 다.

"걱정 마세요. 우승할 때 까지는 반드시 올테니."

박미현이 자신 있게 말했다.

"그렇지, 그렇지. 미현아, 너만 믿는다."

서인석 감독이 오른쪽 엄지를 치켜세우면서 말했다.

박미현은 서인석 감독이 치켜 세워주자 왠지 어깨가 으쓱거렸다.

이모든 것이 다 진혁 덕분이라는 생각이 들었다.

진혁의 생각을 하자 무척 그가 보고 싶어졌다.

'우승기 말고 그냥 데이트하자고 그럴 걸.'

박미현은 다소 후회감이 들었다.

하지만 이미 기차는 떠난 셈이었다.

'우승기 따내고 나면 졸라봐야지.'

박미현이 혼자 싱긋 웃었다.

❖

4강전이 벌어진 토요일.

서울고에서도 진혁의 대활약 덕분에 학생들이 대거 응원하러 동대문야구장을 찾았다.

그야말로 동대문야구장은 미어터지기 일보직전이었다.

이것이 다 진혁 때문이었다.

"그놈아 왔어?"

오늘도 어김없이 서인석 감독은 진혁부터 찾았다.

"큰일 났어요."

채민수가 서인석 감독에게 다가왔다.

"왜?"

"좀 전에 매니저가 그러는데 오늘 진혁이 못나올지도 모른데요."

"뭐라!"

서인석 감독이 채민수의 말을 듣고는 자신도 모르게 소리를 질렀다.

"지금 매니저가 다시 상황을 알아보러 본부석으로 갔어요."

채민수도 다소 풀죽은 목소리였다.

오늘은 처음으로 서울고가 4강에 오른 역사적인 날이었다.

4강까지 올랐으니 고3 선배들은 대학에 들어갈 자격이 될 것이었다.

하지만 사람의 욕심은 끝이 없는 법이었다.

두 번 다시 오지 않을 이런 기회를 놓칠 수가 없었다. 진혁만 가세해 준다면 대통령배 고교야구의 우승기가 눈앞에 있기 때문이었다.

박미현은 박미현대로 본부석 쪽에 있는 전화를 쓰기위해서 달려갔다.

"사장님, 아직도 회의 중이세요?"

박미현은 나수빈이 전화를 받자마자 다짜고짜 물어보았다.

실례인줄은 알지만 상황이 너무도 급하기 때문이었다.

(방금 야구장 가신다고 가셨어요. 저도 곧 응원 갈게요.)

"아… 고맙습니다. 이따 봬요!"

박미현은 자신도 모르게 신나서 전화기를 들고서 허리를 굽혀 인사를 했다.

"너, 뭐하냐?"

진혁이었다.

"어… 어… 어떻게 빨리 왔어?"

박미현은 진혁의 등장에 놀라서 눈이 동그래졌다.

분명 진혁의 비서인 나수빈이 방금 갔다고 했는데.

을지로 입구에서 동대문운동장이 멀지 않다고 해도 이렇게 빨리 올 수가 있나?

박미현은 진혁을 무슨 괴물 쳐다보듯이 쳐다보았다.

"네가 빨리 오라며?"

진혁은 별거 아니란 식으로 어깨를 한번 으쓱거렸다.

'제길, 통화 했을 줄이야.'

하지만 진혁의 속마음은 달랐다.

'가급적 박미현 앞에서는 더욱 조심해야겠다.'

한번은 넘어갈 수 있어도 두 번, 세 번이 되면 의심을 받을게 뻔했다.

진혁은 미소를 지으면서 천천히 서울고 선수들이 있는 곳으로 향했다.

"진혁아, 너 어깨 다쳤어?"

박미현이 앞서 걸어가는 진혁을 불러 세웠다.

그의 몸에서 파스 냄새가 진동한다는 것을 깨달았기 때문이었다.

"으응, 8강 때 내가 너무 무리했나봐."

진혁은 일부러 얼굴을 찡그렸다.

"내가 봐도 그랬어. 어떻게 해?"

박미현은 울상이 되어 진혁의 어깨 쪽을 살펴보았다.

"탈골은 아니니깐 걱정 마."

진혁은 얼굴을 찡그리면서도 애써 고통을 참는다는 표정을 지어 보였다.

"야구 역사에서 한번 영웅적인 경기를 하고 사라지는 선수들이 얼마나 많은 줄 알아? 다시는 그러지마."

박미현이 말했다.

실지로 그녀의 말처럼 팀이나 학교를 위해서 괴력적인 힘을 발휘해서 엄청난 경기를 치룬 뒤 그 여파로 다시는 경기를 하지 못하게 되거나 제 실력을 발휘 못하는 선수들이 야구역사에 꽤 있었다.

몸을 순간적으로 극한에 달하게 썼을 때 자칫 잘못하면 몸이 그것을 이겨내지 못하고 고장이 나기 쉽다.

진혁은 8강때 자신이 너무 화제를 몰고 왔다는 것을 인지했다.

신문기사에는 그의 구속이 160km를 넘을 것이라는 기사들로 넘쳐났다.

그리고 야구역사에서 미국 메이저리그 선수가 162km를 기록한 것이 최고시속이라는 친절한 설명까지 곁들어 있었다.

그 기사를 본 이후 진혁은 곰곰이 생각을 했다.

17살의 고교야구 선수가 아무리 잘한다고 해도 160km를 넘기는 강속구를 쏟아내는 것은 문제가 있었다.

화제성을 넘어서 어딘가 숨어서 자신이나 아버지 최한필 교수를 지켜보고 있을지 모르는 카르카스 조직의 관심을 불러일으킬 수도 있었다.

지금은 아버지 최한필 교수가 기억력을 되살리기 전까지는 그가 지켜드려야 한다.

그러려면 지극히 몸조심을 해야 한다.

괜히 이런 일로 카르카스의 주목을 받으면 안 되기 때문이었다.

그래서 진혁은 앞으로 4강전과 결승을 어떻게 치를 지 고민을 했었다.

결론은 시속을 지금보다 10km 이하로 낮추기로 했다. 가장 빠른 속도가 150km 아래로 말이었다.

고교야구 투수들 중 가장 잘한다는 강속구 투수 중 간혹 최고시속 150-155km를 찍은 투수들도 있었다.

그런 이들이 대부분 대학야구를 거치지 않고 바로 프로 야구를 가는 추세였다.

일본고교야구 선수들 중 160km를 던져서 초특급 괴물 투수로 각광을 받은 투수도 있긴 했지만 그는 2년 후 야구를 그만두었다.

심각한 어깨탈골로 인해서 선수생활, 아니 일반생활조차 불가능해졌기 때문이었다.

고교야구의 대부분 문제점이 대학이나 프로야구 진출이 걸린 상황 때문에 무리하게 학교 측의 요구에 혹사를 당해서 온몸이 종합병원이 되는 케이스가 많았다.

'미현아, 미안하다. 우승기는 꼭 안겨줄게.'

진혁은 옆에서 자신을 걱정하느라 울상이 된 박미현을 힐끔 쳐다보면서 속으로 말했다.

진혁은 그렇게 마운드에 올라섰다.

이번엔 서울고가 수비를 먼저 맡았기 때문이었다.

장내는 진혁에게 집중되었다.

쓰우욱.

스트라이크!

심판, 주심의 목소리가 경쾌하게 장내에 울러 퍼졌다.

'어, 생각보다 안 빠른데?'

충암고의 1번 타자는 진혁이 뿌린 공을 보면서 잠시 생각에 잠겼다.

그는 부산고가 있는 덕아웃 쪽에 엄지손가락을 치켜들었다.

칠만하다는 그들만의 신호였다.

첫 볼은 일부러 그냥 놓쳤다.

진혁의 구질이 어느 정도 인지 알기 위해서였다.

충암고의 덕아웃 쪽에서도 마찬가지였다.

일단은 신중하게 진혁의 볼을 지켜보기로 했다.

하지만 이미 마운드에 올라설 때 진혁의 어깨가 심하게 안 좋다는 것을 느낄 수가 있었다.

두 번째 볼.

수욱.

스트라이크!

주심이 서울고 포수인 한진상의 글로브 안에 정확하게 들어온 진혁의 볼을 보면서 외쳤다.

하지만 충암고의 1번 타자 얼굴에서는 더욱 득의양양해졌다.

진혁이 두 번 연속 스트라이크를 구사하고 있었지만 그의 볼은 8강전에서 소문난 160km를 넘나드는 정도는 아니었다.

심지어 150km 아래였다.

매해 열리는 고교야구 대회에서 한번 이상 우승기를 거머쥐는 충암고에겐 150km대에 육박하는 강속구 투수가 있었다.

이정도면 자체 연습경기 때를 생각하면서 원하는 볼을 노리면 되었다.

강속구 선수들의 문제점이 거의 직구로 볼을 뿌린다는 것이었다.

진혁이 다시 볼을 던졌다.

깡!

이번엔 충암고 1번 타자의 배트에 볼이 한가운데 맞았다.

경쾌하게 볼은 그대로 하늘 높이 올라섰다.

투수방향이었다.

진혁은 가볍게 볼을 잡았다.

플라이 아웃.

공수 체인지였다.

충암고의 덕아웃에서는 다소 아쉬운 신음소리가 나왔지만 그래도 8강전에서 벌렸던 초괴물투수 최진혁이란 존재는 없어졌다는 것을 알고 다소간의 긴장감이 풀려 있었다.

"괜찮겠나?"

서인석 감독이 여전히 어깨통증을 호소하는 진혁을 보면서 걱정스러운 표정을 지었다.

"최대한 노력해보겠습니다."

"지금처럼 맞혀서 잡는 것도 괜찮아."

서인석 감독이 진혁을 다독거렸다.

진혁은 진심으로 자신을 걱정해주는 서인석 감독에게
큰 감동을 받았다.

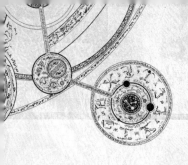

Return
of the Meister

NEO MODERN FANTASY STORY

8. 팀이 있잖아

8. 팀이 있잖아

Return of the Meister

　대통령배 고교야구 4강전.

　서울고와 충암고.

　전통 강자인 충암고와 만년 16강 팀인 서울고의 파란.

　동대문야구장에 몰린 각 학교 학생들의 응원전도 열렬
했다.

　"자, 진혁이 다쳤다. 니들은 쟤가 왜 다쳤는지 알지!"

　서인석 감독이 서울고 야구부원들을 불러놓고 큰소리를
질렀다.

　"네!"

　야구부원들은 큰소리로 합창하듯이 대답했다.

　"좋다, 나는 니 놈 들이 의리가 있는 놈이라 믿고 싶다.

저놈마가 부담 없이 던질 수 있도록 우리도 점수를 뽑으러 가자!"

와아아아!

서인석 감독의 말에 야구부원들이 함성을 질렀다.

진혁은 그 모습이 낯설기만 했다.

하지만 이내 큰 감동으로 다가섰다.

판테온에서 오로지 살아남기 위해서 혼자 처절하게 마법을 배웠던 일이 주마등처럼 흘러갔다.

그리고 귀환 후에도 혼자 여러 사건을 직면하면서 머리를 굴리고 이런저런 계획을 세워서 벌였던 일들을 말이었다.

야구가 뭐라고.

진혁은 자신도 모르게 뜨거운 감동에 가슴이 벅차올랐다.

"걱정 마."

서울고의 1번 타자 1학년인 심재학이 배트를 들고 덕아웃을 나서면서 진혁에게 미소를 지었다.

씨익.

야구가 운동장에서 하는 시합이다 보니 햇볕에 얼굴이 새까맣게 그을릴 수밖에 없다.

심재학의 새까만 얼굴에 드러난 하얀 이가 햇빛을 받아 반짝였다.

그뿐이 아니었다.

2번 타자 안승리, 3번 타자 채민수, 4번 타자 이동명등.

선수들은 타석에 나설 때마다 진혁의 등을 두드리거나 위로의 말을 건넸다.

그들의 진심이 진혁에게 와 닿았다.

울컥.

진혁의 가슴에는 뜨거운 그 무언가가 치솟았다.

'야구는 팀이 하는 경기구나.'

진혁은 야구에게서 색다른 매력을 느꼈다.

늘 혼자였던 그였다.

그런데 이렇게 서로 부대끼고 위로해주고 경기를 펼치는 야구부원들의 모습이 보기에 좋아도 너무 좋았다.

비록 1회말 공격은 득점 없이 끝났지만 진혁은 그래도 좋았다.

'이들을 믿어보자.'

진혁의 얼굴에서 웃음이 떠나질 않았다.

"저 놈 왜 저렇게 실실 쪼개냐?"

"부담이 없어져서 그러나 봐요."

서인석 감독의 질문에 박미현이 대답했다.

"하긴 16강, 8강전을 치르느라 부담이 컸겠지. 우리가 너무 저놈에게 부담을 줬지."

서인석 감독이 크게 고개를 끄덕였다.

"선수들의 사기가 많이 올랐어요."

박미현이 말했다.

"그렇지, 누군가에 기대어서 우승을 할 수 있다는 희망도 좋지만, 그보다는 함께 어울려져서 자신도 우승에 보탬이 될 수 있다는 희망이 더욱 사기에 도움이 돼지."

서인석 감독이 덕아웃의 선수들이 수비를 보러 운동장을 나서는 모습을 보면서 말했다.

"야구 매력이 참 묘한 것 같아요."

박미현이 웃으면서 말했다.

그러면서도 그녀의 시선은 마운드에 오르고 있는 진혁에게 향해 있었다.

"그렇지. 나도 그 매력에 이 길을 걷게 되었는데."

서인석 감독이 추억에 잠긴 듯 한 눈빛으로 말했다.

두 사람은 누가라고 할 것 없이 경기장 쪽으로 시선을 집중했다.

한회, 한회 어느 것 하나 소홀할 수가 없는 것이 야구의 매력이었다.

2회초.

진혁은 첫 번째 선수는 포볼로 1루에 출루시켰다.

그 광경을 보고 관중석과 보도중계석에서는 아쉬움이 터져 나왔다.

8강전에서 기록한 9회 삼자 범퇴의 신기록이 오늘 4강전에서도 계속 이어지지 않을까 기대했었기 때문이었다.

단, 2회 만에 그 기록이 깨졌다.

진혁은 일부러 그것을 노렸다.

대중이 갖는 자신에 대한 기대감이나 환상을 깨트려야 했기 때문이었다.

'이제는 강속구 투수 정도로만 봐주겠지.'

진혁은 나머지 세 명의 선수는 볼과 스트라이크를 적당하게 배합해서 삼진을 잡아냈다.

보도중계석에서는 2회 초 첫 번째 타자를 출루시킨 것에 대해서 아쉬움을 계속해서 토로해냈다.

'뭐 이정도도 잘했잖아?'

진혁이 자신을 향해서 손을 흔들어주는 서울고 학생들을 관중석에서 발견하고는 미소를 지었다.

그중 백군상을 비롯해서 한중수, 박정민 그리고 나수빈까지 있었다.

오늘이 토요일인 까닭도 있고 야구 때문에 회의를 서둘러 끝냈더니 진혁이 참가하는 시합을 구경하러 온 것이었다.

'저 사람들은 자기들 사생활은 안 즐기나.'

진혁은 그들을 보면서 생각했다.

그 자신과 더불어 지독한 일벌레들이었다.

모처럼 갖은 여유로운 주말에도 이렇게 야구장을 찾았으니 말이었다.

이제 이들은 같은 직장동료에서 한식구라는 표현이 더 잘 어울렸다.

'뭐, 박정민과 나수빈이 많이 좋아졌군.'

진혁은 관중석에 나란히 앉아있는 박정민과 나수빈을 보면서 생각했다.

처음 사무실에서 대면했을 때 이후로 어색했던 이들이었다. 그 후로 많이 나아지긴 했지만 업무상 이외의 말은 전혀 하지 않던 둘이었다.

역시 시간이 약이라는 생각을 했다.

비록 아직까지 과거의 연인사이로 되돌아가지는 못했지만 진혁은 두 사람의 눈빛 속에서 서로에 대한 그리움을 느꼈다.

두 사람을 바라보는 진혁의 표정이 더욱 밝아졌다.

2회말.

이번엔 진혁이 6번 타자로 나선다.

1회말 때 4명의 타자가 공격에 나섰다가 경기가 끝났기 때문에 진혁은 2회 말에 두 번째로 타자로 나서게 되었다.

서울고의 5번 타자는 포볼로 출루했다.

악착같이 충암고 투수의 볼을 커트했기 때문이었다. 진혁은 그 모습에 또 감동을 받았다.

보통 5번 타자면 4번 타자 다음으로 실력 있는 선수였다. 타격감도 제법 좋은 선수이고 말이었다.

그런데 오로지 진혁을 믿고 어떻게든지 출루를 하기 위해서 파울볼을 유도하면서 결국 포볼을 따낸 것이었다.

덕분에 충암고의 투수는 지쳐있었다.

아직 2회전일 뿐인데도 서울고의 타자들이 1회 때부터 악착같이 승부를 했기 때문이었다.

평소 1, 2회 때 뿌리는 공의 횟수에 거의 4배 정도 많은 공을 뿌려 댔다.

진혁은 타석에 섰다.

원래 그의 생각대로라면 이번 타석은 스트라이크 아웃을 당하려고 했다.

하지만 이제는 그럴 수가 없었다.

적어도 안타는 쳐야 했다.

'해보자.'

진혁은 배트를 단단히 쥐면서 마운드에 서있는 충암고의 투수를 쳐다보았다.

솔직히 진혁의 힘대로 경기를 치루는 것이 더욱 쉽다. 이렇게 자신의 실력을 억지로 낮추는 것이 도리어 생각도 많고 힘 조절도 해야 해서 더욱 힘들었다.

투수가 공을 뿌려댔다.

멈칫.

진혁은 배트를 휘두르려다 간신히 멈추었다.

스트라이크!

주심이 외쳤다.

진혁은 침착하게 배트를 다시 한 번 고쳐 쥐었다. 이번에 배트가 크게 나갈 뻔 했다.

그대로 배트가 나갔더라면 홈런이 나왔을 게 뻔했다.

"바보야, 휘두르지도 못할 걸 뭐 하러 경기에 나왔냐!"

충암고의 포수가 그런 진혁을 빈정댔다.

심리작전이었다.

'그랬다면 홈런이었을 텐데?'

진혁이 속으로 그를 보면서 생각했다.

"휴우."

진혁은 숨을 들이켰다.

'적당하게. 적당하게.'

그리고는 다시 한 번 마음을 잡고는 배트를 고쳐 쥐었다.

투수가 양팔을 머리 위로 들어 올리고 시선은 몸을 돌려 공을 던지면서 진혁 쪽을 바라보았다.

와인드업의 자세였다.

1루쪽에 나가있던 5번 선수 봉중근에게는 기회였다. 와인드업 자세는 동작이 커서 도루의 기회가 되기도 했다.

그는 재빠르게 2루를 향해 달렸다.

진혁은 상황을 순간적으로 판단했다.

'충분히 2루까지 가겠는데.'

스트라이크!

주심의 외침과 동시에 충암고의 포수가 자리에서 벌떡 일어나 2루를 향해서 볼을 던졌다.

세이프!

2루에 서있던 부심이 서울고의 봉중근 선수를 보면서 외쳤다.

와아아아!!

서울고를 응원하는 관중석에서 환호성이 터져 나왔다.

'이거다.'

진혁은 회심의 미소를 지었다.

팀이 함께 점수를 내는 법 말이었다.

그 자신이 마음만 먹었다면 봉중근이 도루를 하는 동시에 안타를 쳐 낼 수가 있었다.

하지만 그렇게 했더라면 봉중근이 지금처럼 주목을 받을 수 없었을 것이었다.

깡!

진혁은 충암고의 투수가 던진 볼로 가볍게 2루타 안타를 만들어 냈다.

서울고의 1점 선취.

2루에 가있던 봉중근 덕분에 서울고는 1점을 먼저 선취했다.

서울고의 덕아웃에서는 봉중근 선수에게 잘했다는 소리가 여기저기서 터져 나왔다.

진혁은 그 광경을 2루석에서 지켜보면서 짜릿한 희열을 느꼈다.

'이런 것도 괜찮은데.'

기분이 상쾌했다.

너무도 상쾌했다.

그 자신이 대활약을 벌이는 것도 기분이 좋겠지만 다른 선수들이 함께 잘해나가는 것이 이리도 기분이 좋은지 몰랐다.

다음은 서울고의 7번 타자 조성완이었다.

진혁은 그의 걸음걸이가 다소 부자연스럽다는 것을 깨달았다.

올해 3학년인 조성완은 원래 1학년때 4번타자 감이라는 기대를 한몸에 받은 선수였다.

그런데 작년 16강전 때 무리하게 전력질주를 하다가 발목인대가 늘어났다.

물론 치료는 충분히 받았다.

하지만 한번 늘어난 인대는 계속해서 자꾸 탈이 났다.

또 거기에 신경을 쓰다 보니 의기소침해지기 시작했고 제 실력 발휘를 하지 못했다.

그러다보니 자연스럽게 7번 타자로 밀려나 있었다.

게다가 이제는 고교 3학년.

어쩌면 이번해가 그의 선수생활 마지막일 수도 있었다. 진혁 덕분에 4강에 들었긴 하지만 설령 학교가 우승을 거머쥐었다고 해도 대학에서 자신을 지목하지 않을 수도 있었다.

'흠, 발목이 불편하군.'

진혁은 조성완의 문제점을 바로 간파했다.

그의 몸 자체는 타고난 근골이었다.

발목만 괜찮다면 유연한 몸과 타고난 근골 체질, 그리고 꾸준한 훈련덕분에 제 실력을 발휘할, 적어도 4번 타자감은 되는 그런 선수였다.

진혁은 곧 지체 없이 힐링마법을 시현했다.

물론 아무도 눈치 채지 못하게 말이었다.

오늘 그는 이곳까지 오느라 아무도 몰래 투명마법과 플라이마법을 시현한 것 외에는 마법을 시현한 적이 없다. 그래서 그의 몸은 아직도 충분한 마나가 있었다.

설령 그의 몸에 마나가 부족해져도 구르갈에 충전된 마나가 있지 않은가.

❖

조성완은 타석에 섰다.

'어, 이상하다.'

그는 곧 머리를 갸웃거렸다.

온몸이 너무도 가벼워졌기 때문이었다.

평소 고질적으로 통증을 유발하는 발목이 너무도 가뿐해졌다.

그뿐이 아니었다.

시력마저 훨씬 좋아진 듯 싶었다.

"문제 있나?"

주심이 조성완의 모습을 보고 물었다.

"아, 아닙니다."

조성완은 얼른 고개를 저었다.

"경기에 집중해."

주심은 조성완에게 그렇게 훈계를 하고 다시 시합을 개시시켰다.

조성완은 충암고 투수가 볼을 뿌리는 것을 보았다.

그런데 정말이지 기이한 일이 생겼다.

예전에 비해서 투수의 볼이 느리게 보였다.

동체시력.

빠르게 움직이는 물체를 식별해내는 능력.

예를 들면 지나가는 자동차 안 사람의 얼굴을 알아본다던지 혹은 야구선수들이 날아오는 공을 판단하여 쳐내는 능력이라고 할 수가 있었다.

그리고 동체시력이 좋아질수록 순간적인 판단이 가능해진다.

시야가 그만큼 넓어진다는 것을 의미했다.

운동선수에게 동체시력이 있다는 것은 시야가 넓어지고 순간적인 판단력이 좋아서 연결도 잘하고 득점에도 도움이 되는 선수들을 일컫는 말이었다.

하지만 조성완의 경우, 섣부른 판단은 할 수가 없지만 말 그대로 초능력에 가까운 동체시력이었다.

상대 투수에게 집중을 하니 모든 게 한편의 슬로우비디오처럼 보였다.

조성완은 순간 감격에 겨웠다.

상대 투수가 뿌린 볼이 천천히 그를 지나서 포수의 글로브 속으로 빨려 들어가는 것이 보였다.

스트라이크!

주심이 외쳤다.

"이봐, 정신 차려."

주심은 조성완에게 속삭였다.

아무래도 그가 넋을 놓고 있는 것처럼 보였기 때문이었다.

오랫동안 야구경기의 심판을 나섰던 주심인지라 실력부족으로 스트라이크를 당하는 선수와 멍 때리고 있는 선수의 차이를 알고 있기 때문이었다.

"죄, 죄송합니다."

조성완의 얼굴은 감격에 차있었다.

주심은 그런 조성완의 모습에 고개를 갸웃거렸다.

스트라이크를 먹고도 저런 표정을 짓다니 이해할 수가 없었다.

'미친놈.'

주심은 그렇게 생각을 했다.

'다시 한 번 보자.'

조성완은 투수가 공을 던지기 위해서 취하는 자세부터 볼이 자신의 앞까지 날아오는 동작이 모두 슬로우비디오처럼 보였다.

절대 우연이 아니었다.

"오."

조성완의 입에서 감탄사가 터져 나왔다.

주심이 스트라이크를 선고하고 있었지만 그는 개의치 않았다.

두 번의 우연은 없다.

조성완의 얼굴에 자신만만한 표정이 깃들었다.

몸도 가벼워졌다.

그를 괴롭히던 발목의 통증도 사라졌다.

그리고 그에게 동체시력이 생겼다.

"넋 나간 놈, 우리 투수가 무서워서 오줌저리지?"

충암고의 포수가 그런 조성완에게 깐족거렸다.

하지만 조성완의 귀에는 그런 말조차 들어오지 않았다.

그동안 경기에 나설 때마다 상대 포수들이 조성완에게 절뚝이라니 실력 없는 놈이라는 단어를 꺼낼 때마다 욱하던 그였다.

하지만 지금은 그런 말들이 하나도 귀에 들어오지 않았다.

그 자신이 자신감에 차있기 때문이었다.

충암고의 투수는 조성완을 상대로 2연속 스트라이크를 먹여서 그런지 자신만만한 표정을 지으면서 볼을 뿌렸다.

모든 게 선명하게, 그리고 천천히 보였다.

조성완은 자신 앞을 다가오는 볼을 향해서 배트의 정중앙을 자신 있게 볼에 갖다 대었다.

까앙깡!

배트의 한가운데 제대로 맞은 볼은 그대로 쭈욱 쭉 뻗었다.

우아아아!

와아아!

장내의 관중석은 소란스러워졌다.

홈런이었다.

7번 타자 조성완이 해낸 것이었다.

만년 하위타선이던 그가 해낸 것이다.

조성완이 두팔을 번쩍 들면서 신나서 마운드를 펄쩍거리면서 돌았다.

진혁도 그 덕분에 2루에서 돌아서 홈베이스를 밟았다.

"잘했다."

"잘했어!"

"끝내준다."

조성완이 홈베이스에 들어오자 서울고의 모든 선수들이 그를 환영했다.

우우우.

탁탁.

조성완의 헬멧을 두드리는가 하면 어깨를 두드리는 등 대법석을 떨었다.

진혁은 그 광경을 보고 흐뭇했다.

조성완의 동체시력까지는 사실 예측하지 못했다. 그의 몸 자체에 마나를 주입하고 힐링마법을 시현했다.

그런데 원래 조성완이 가지고 있는 잠재적인 능력이 동체시력이었다.

그것이 진혁의 힐링마법 덕분에 몸 안에 쌓인 노폐물과 상처들이 사라지자 드러나게 된 것이었다.

시력이 밝아진 것이 물론 큰 몫을 했다.

진혁으로서는 정말 뜻밖의 전개이기는 했지만 그로인해서 기분은 너무도 좋았다.

'바로 이거야.'

진혁은 타석에 나서는 8번 타자 김주현의 뒤 모습을 보면서 생각했다.

일단 그의 몸을 스캔했다.

대망의 결승전.

이번 대통령배 고교야구는 대단한 파란을 몰고 왔다.

만년 16강팀인 서울고가 결승전에 올라온 것이었다.

게다가 서울고가 16강, 8강, 4강에서 경기를 치른 상대팀들이 작년, 새작년 각종 고교야구 우승과 준우승팀이었다는 것을 감안한다면 정말이지 이변도 이런 이변이 없었다.

처음엔 최진혁이란 선수 한명만 주목을 받았다.

그런데 경기가 진행될수록 다른 선수들이 빛나기 시작했다.

특히 서울고의 하위타선은 기대이상의 대활약을 벌였다.

진혁은 오히려 그런 점에서 서울고의 3, 4, 5번의 선수들에게 미안한 감이 들었다.

이들을 힐링마법으로 치료를 안해준 것은 아니었다. 야구선수들이어서 그런지 다들 각종 잔병 등이 종합병원처럼 가지고 있었다.

3, 4, 5번의 선수들의 경우는 이미 어느 정도 제 기량을

발휘하고 있었다.

오히려 하위타선의 선수들은 각종 부상으로 인해서 그동안 제 기량을 발휘하지 못하는 경우가 더 많았다.

그로인해서 힐링마법의 효과를 톡톡히 하위타선들이 보고 있는 것이었다.

7번 조성완의 경우는 그 자신에게 잠재된 동체시력까지 끌어내진 것이었다.

하지만 모두가 그렇게 되는 것은 아니었다.

물론 진혁이 어느 정도 마음을 먹고 그들이 갖고 있는 능력 이상의 능력을 주기위해서 무리하게 마법을 시현할 수는 있었다.

하지만 그것에 역효과가 어떤 것인지 진혁은 이미 판테온에서 뼈아프게 경험했던 마법사였다.

진혁은 결승전을 앞두고 황금라인업 순번이 바뀐 것을 보고 내심 안타깝기는 했다.

4, 5, 6번의 선수들이 7, 8, 9번의 선수들과 교체되었다.

하지만 결승전을 치루기 위해서는 서인석 감독도 어쩔 수 없는 결단이었다.

진혁은 4번 타자였던 이동명이 8번타자로 타순이 바뀐 것을 보고 풀이 죽은 표정을 짓는 것을 눈치 챘다.

애써 자신의 기분을 숨기려고 노력하고 있는 이동명이었다. 하지만 그도 인간인지라 얼굴에서 완전하게 지워낼 수가 없었다.

'미안하다.'

진혁은 왠지 자신이 이동명에게 몹쓸 짓을 한 것만 같았다.

물론 그렇다고 자신의 선택을 후회하지는 않았다.

이동명도 그전보다는 컨디션이 꽤 올라있었다. 그동안 괴롭히던 자질구레한 부상도 깨끗이 나았고 말이었다.

비록 대통령배 고교야구 결승전에서는 8번타자로 밀려났지만 앞으로 그가 얼마나 노력하느냐에 따라서 다시 4번타자로 충분히 오를 수 있을 거라고 생각했다.

그뿐만 아니었다.

모두가 최상의 컨디션이었다.

그들 모두 각자 최선을 다해서 자신들에게 맞는 훈련을 한다면 서울고의 미래는 밝을 것이라고 생각했다.

물론 조성완처럼 야구선수를 하기 위해서 타고난 존재들의 경우도 있겠지만 말이었다.

동체시력을 가진 타자라.

그가 앞으로도 계속 노력을 한다면 프로야구에서도 대성할 게 뻔했다.

어쨌든 대통령배 결승전은 일요일 낮 1시. 전국 생방송으로 열렸다.

"오늘 몸은 좀 어때?"

야구매니저인 박미현이 진혁에게 다가와 깨끗한 수건을 건넸다.

"좋아."

진혁이 고개를 끄덕였다.

쿵쿵.

"에이, 여전히 파스냄새네."

박미현이 진혁의 몸에서 파스냄새를 맡고서는 말했다.

"어쩔 수 없지."

"사업하느라 야구하느라. 내가 다 미안하네."

박미현이 진심으로 미안한 표정을 짓는다.

"너를 야구매니저로 끌어들인 계기가 나인 것 같은데?"

진혁이 말했다.

"그렇긴 하지. 그런데 야구가 이렇게 재미있는 건줄 몰랐어."

박미현의 표정이 제법 밝았다.

'다행이군.'

진혁은 내심 안심이 되었다.

박미현이 학교에서 자신이 없어도 재미를 붙이고 다니는 무언가가 생긴 것이 매우 반가웠다.

물론 박미현의 성격상 자신이 없더라도 학교 내에서 그녀가 열정을 올릴만한 그 무엇을 찾아낼 수는 있었을 거라고 생각했다.

"어이, 괴물투수!"

조성완이 두 사람을 발견하고는 밝게 웃으면서 다가왔다.

"선배님. 안녕하십니까?"

진혁은 깍득 하게 예의를 갖춰 3학년인 조성완에게 인사를 건넸다.

"우리 괴물투수, 오늘도 잘 부탁해."

조성완이 말했다.

물론 진혁이 8강 전 때처럼 큰 활약을 보이지는 못했다. 하지만 서울고가 이길 수 있을 정도로 상대의 타선을 묶어주는 것만으로도 대단한 일이었다.

"저도 잘 부탁드립니다."

진혁은 정중하게 대답했다.

"그건 그렇고 말야."

조성완이 박미현을 슬쩍 보면서 말을 꺼냈다.

"너네들이 애인사이라며? 진혁아, 미현이 자꾸 혼자 놔두면 내가 납치해간다. 알았지?"

조성완이 숨도 쉬지 않고 재빠르게 자신의 할 말을 나열했다.

미리 준비해둔 대사를 읽는 것 마냥 말이었다.

온몸이 오글거릴 것만 같은 대사였다.

말을 마친 조성완도 무안한지 진혁과 박미현이 미처 뭐

라고 하기도 전에 손을 흔들고는 가버렸다.

진혁은 조성완의 그런 뜬금없는 태도가 너무도 귀엽게 여겨졌다.

하지만 그런 내색을 한다면 지금 그의 옆에 있는 박미현에게 실례가 될 게 뻔했다.

"……."

"……."

진혁과 박미현은 서로를 멀뚱히 쳐다보았다.

"조성완 선배가 너를 좋아하나보다."

진혁이 웃으면서 말했다.

"칫, 넌 아무렇지도 않니?"

박미현이 살짝 토라진 듯이 말했다.

하지만 그녀의 표정을 보아서 조성완의 말이 그렇게 싫은 것은 아닌 듯 했다.

'기회를 보아서 박미현을 놔줘야겠군.'

진혁은 속으로 그렇게 생각했다.

"경기하러 가자."

진혁이 박미현을 툭 치면서 앞으로 성큼 성큼 걸어갔다.

박미현은 그런 진혁의 등이 그렇게 미울 수가 없었다. 달려가서 그의 등을 한 대 패버리고 싶었다.

'확실히 쟤는 나한테 관심 없어.'

박미현의 얼굴은 살짝 우울해졌다.

하지만 이내 좀 전의 조성완이 했던 말을 떠올리고는 살짝 미소 지었다.

좀처럼 종잡을 수 없는 게 여자의 마음인가 보다.

박미현은 자신도 모르게 고개를 갸우뚱했다.

❖

깡!

와아아아.

와!

동대문야구장에서는 연속으로 안타를 쳐내는 서울고의 선수들 행진에 환호성이 이어지고 있었다.

작년 대통령배 고교야구 우승팀인 군산상고를 상대해서 3회초에 벌써 7점이나 뽑아내고 있었다.

물론 우승후보팀 답게 군산상고도 서울고를 상대로 4점을 뽑아냈다.

7 : 4

하지만 군산상고로서는 치욕이 아닐 수가 없었다.

만년 하위 약체인 서울고가 파란을 일으키면서 결승전까지 왔다고 해도 전통적으로 명문인 군산상고를 이길 수가 없을 것이라고 생각했다.

그런데 그들이 결승전까지 올라온 것은 단순히 운이 아니었다.

강해도 너무 강했다.

만년 하위팀인 서울고가 절대 아니었다.

특히 선수 개개인의 기량이 매우 뛰어났다.

모든 선수의 몸놀림이 가벼워 보였다.

8강에서 퍼펙트 게임을 선보였던 최진혁 선수가 경기에 참가하지 않았는데도 불구하고 말이었다.

'경기를 참가하지 않은 게 다행이군.'

진혁은 상대 덕아웃이 침체된 분위기를 보면서 생각했다.

오늘 진혁은 후보선수였다.

서인석 감독이 진혁의 몸에서 진동하는 파스냄새를 맡고서는 후보선수로 그를 내려주었기 때문이었다.

물론 진혁이 일부러 그렇게 보인 제스처였다.

오늘은 결승전.

서인석감독으로서는 진혁을 빼고 경기를 하는 것이 상당한 모험이었다.

그렇다고 그동안 16강, 8강, 4강전에서 최선을 다해준 진혁의 부상을 모른 체 할 수가 없었다.

그리고 서인석감독은 자신의 야구부원들을 믿었다.

더욱이 이번 대통령배 고교야구 결승전은 서울고의 야구부원들에게 큰 기회이자 매우 중요한 경기였다.

서울고의 선수들 모두가 개인의 기량을 유감없이 발휘해야 한다.

특히 3학년 선수들의 경우 이 대회에서 반드시 어필해야 했다.

대학교가 결정될 수도 있기 때문이었다.

매년 개최되는 4개의 대회 중 가장 큰 야구대회가 대통령배 고교야구 아닌가.

서울고가 파란을 몰고 온 만큼 오늘 이 자리에 많은 대학의 스카우터 들이 와있었다.

그들은 매의 눈으로 서울고의 선수들을 지켜보았다.

그렇기 때문에 더욱 서울고의 타선은 폭발적이었다.

선수 개개인이 자신의 기량을 유감없이 발휘하고 있었다.

서울고의 야구부원들은 이 순간에 집중했다.

그 덕분에 진혁은 편하게 덕아웃에 앉아있었다.

'이래야 상대팀에게 덜 미안하지.'

진혁이 속으로 생각했다.

지구에서 17살의 학생이라고 하지만 그의 몸 안에 깃든 정신은 100살이 넘은 노인네의 것이 아닌가.

괜히 어린학생들을 상대로 반칙하는 기분이 들었다.

'서울고 팀이 살아났으니 앞으로 내가 굳이 경기에 참가하지 않아도 되겠는데.'

진혁은 그렇게 판단을 내렸다.

하지만 이번 경기까지는 계속 하기로 했다.

물론 감독이 아직 그를 주전으로 기용 안했으니 결승전을 참가했다고는 볼 수가 없었다.

하지만 만약을 위해서 진혁은 벤치를 지켰다.

행여나 중간에 그가 빠졌다가 타선이 죽기라도 하게 되면 큰일이었다.

더구나 4번 타자였던 이동명이 8번 타자로 내려앉는 바람에 강속구 투수로도 활약하던 그가 상당히 풀이 죽어있었다.

자신 때문에 등판의 기회도 없고 말이었다.

그런데 오늘 진혁의 부상 덕분에 등판을 했다.

진혁은 계속해서 이동명을 주목했다.

그의 문제점이 무엇인지 파악하기 위해서였다.

서울고의 모든 선수들이 살아난다면 앞으로 그가 야구 경기에 참가하지 않는다고 해서 서인석 감독이 크게 뭐라고 하지 않을 것 같았다.

물론 결정적일 때는 도와줘야 하겠지만 말이었다.

그 자신의 출석일수가 이것으로 땜질을 하고 있기 때문이었다.

야구선수들은 훈련과 시합의 이유로 수업을 거의 출석하지 못하기 때문이었다.

물론 서울사립고의 경우 기부금만으로도 수업일수를 채우는 것이 어느 정도는 가능했다.

그래서 연예인들이 많이 서울사립고에 진학을 하곤 했다.

연예계 활동으로 바빠 부족한 출석일수 때문이었다.

그런 면에서 진혁이 다니는 서울사립고는 꽤 자율성이 강한 학교였다.

"어깨가 너무 벌어지는데."

진혁은 이동명의 투구를 보면서 중얼거렸다.

"저놈아가 저게 문제야."

서인석 감독이 옆에서 듣고는 한마디 거들었다.

감독은 열심히 보드판에 빼곡하게 선수들에 대해서 기록을 하고 있었다.

진혁은 서인석 감독을 보면서 열정이 대단한 감독이라고 다시 한 번 느꼈다.

그동안 서울고가 16강이라도 들었던 것은 서인석 감독의 지도력 때문이라고 생각했다.

선수 개개인이 갖고 있던 고질적인 부상과 문제점 등이 너무도 심각했기 때문이었다.

실제로 홈런을 칠 수 있을 정도의 근력을 가진 안승리가 1, 2루타 정도의 안타를 못 치는 경우가 바로 자세의 문제였다.

'아무래도 당분간 봐줘야겠는데.'

진혁은 바쁜 사업 일정이 끝나는 대로 학교를 가게 되면 서울고의 야구부원들을 돕기로 마음먹었다.

단순히 마법으로서가 아니라 그들의 고질적인 문제점 등을 함께 개선하기로 말이었다.

그것이 고교야구를 참석하는, 다른 고교야구팀에게도 정정당당한 예의라고 여겨졌다.

8회초.

깡!

군산상고의 타선이 폭발했다.

그야말로 이동명은 군산상고의 타자들을 맞아 두드려 맞았다는 표현을 써도 될 만큼 안타와 홈런을 내주었다.

역시 전통의 강호 군산상고는 죽지 않았다.

와아아악.

관중석에서는 그야말로 난리가 났다.

군상상고를 연발하는 응원석과 서울고를 외치는 응원석 이 목이 터져라 소리를 지르고 있기 때문이었다.

그 바람에 보도 중계팀 역시 중계를 거의 소리를 지르다 시피 해야 했다.

TV에 생방송으로 중계된 야구경기는 많은 이들의 시선 을 빼앗았다.

길거리를 가다가도 쇼윈도에 걸린 TV를 통해서 중계되는 야구경기를 보고 걸음을 멈추는 사람들이 있는가하면 식당 같은 곳에서도 손님들이 밥을 먹다가도 야구경기에 시선을 빼앗겼다.

모두가 군산상고와 서울고의 격전에 열광했다.

경기는 한순간에 10 : 14로 역전됐다.

군산상고가 8회초에 10점이나 서울고 이동명을 상대로 뽑아낸 것이었다.

그전까지 이동명은 4점만 내주면서 선방했다.

이께가 벌어지는 고질적인 문제점만 빼면 괜찮았다. 하지만 전통의 군산상고는 역시 달랐다.

군산상고 코치팀은 이동명의 어깨가 벌어짐으로써 다음에 어떤 투구가 나올지를 분석했다.

거의 7회에 걸쳐 침착하게 이동명의 문제점을 분석하더니 곧 선수들에게 그 결과를 알려주었다.또한 군산상고의 선수들은 코치진이 알려준 대로 이동명을 상대로 침착하게 안타를 뽑아내기 시작했다.

역시 전통의 강자 군산상고로 불리는 것이 단순히 이름값만이 아니었다.

그것이 8회초 10점을 뽑아내는 계기가 되었다.

"죄송합니다. 감독님."

마운드에 내려와서 고개를 떨구는 이동명이었다.

"아니다. 네가 8회까지 버티느라 고생이 많았다. 내가 진작에 바꾸어 주었어야 하는데."

서인석 감독은 이동명을 따뜻하게 위로의 말을 건넸다.

어떤 면에서는 감독으로서 진작 선수체인지를 했어야 했다.

하지만 그 타이밍을 놓친 셈이었다.

전국에 있는 대학스카우터들이 와 있다 보니 이동명에게 기회를 주고 싶다는 욕심이 오히려 화를 불러온 셈이었다.

진혁이 이동명 대신해서 마운드로 올라섰다.

와아악!

와!

진혁이 교체투수로 나오자 서울고의 관중석은 대난리가 났다.

안그래도 진혁이 나오지 않아 발을 동동 구르던 관중들은 그의 등장에 거의 흥분을 하고 있었다.

'확실하게 기를 눌려놔야겠는데.'

진혁은 서울고의 기를 올리고 군산상고의 기를 바짝 죽여 놔야겠다고 판단을 했다.

지금 군산상고 쪽에서는 거의 우승기를 잡은 것처럼 축제분위기였다.

스트라이크!

주심이 진혁이 던진 볼을 보고는 외쳤다.

와!

와아!

다시 한번 관중석의 환호가 터져 나왔다.

'이럴 수가.'

군산상고의 1번 타자는 눈이 휘둥그레졌다.

볼이 빨라도 너무 빨랐다.

진혁이 살짝 150km를 넘는 볼을 던졌기 때문이었다.

8강전처럼 160km까지는 던지지 않았다.

그렇지만 150km만으로도 고교야구 선수들에게는 큰 충격이었다.

물론 한 대회에 한 두 명 정도가 간혹 한번씩 150km를 뿌려대긴 하지만 그것은 아주 드물게 던져졌기 때문이었다.

스트라이크 아웃!

스트라이크 아웃!

주심이 연속 스트라이크 아웃을 외쳐댔다.

8회초 이동명을 상대로 무사 10점을 뽑아냈던 군산상고의 타선이 진혁의 등장으로 한순간에 쥐 죽은 듯이 조용해졌다.

3명의 타자가 진혁의 볼에 손도 못 대보고 삼자범퇴를 당했다.

9회초.

다시 독이 오른 서울고가 악착같이 군산상고의 투수를 향해서 맹타를 터트렸다.

15 : 14

다시 서울고의 역전이었다.

그리고 마지막 9회말.

진혁이 투수로 역시 나섰다.

상대는 3, 4, 5번 황금라인업.

모두가 진혁의 어깨가 움직일 때마다 숨을 죽였다.

스트라이크 아웃!

스트라이크 아웃!

스트라이크 아우웃!!!!!

주심이 세 번의 삼진 아웃을 외쳤다.

와아아아악!

오아아악!

동대문야구장에는 순간 서울고의 교가가 울려 퍼졌다. 진혁도 모교의 교가를 듣는 순간 울컥해졌다. 비단 그것은 진혁뿐만이 아니었다.

서울고의 모든 야구부원들, 관중석의 서울고 학생들이 한마음이 되어서 다 같이 교가를 목 놓아라 불러댔다.

얼마나 소원하던 우승기였던가.

얼마나 갈망하던 우승이었던가.

8회에 상대타선에 두드려 맞던 이동명도 지금은 좀 전의 모든 일을 잊고 오로지 목 놓아 교가를 부르고 있었다.

모두가 한마음이었다.

이 순간만큼은 잘한 사람도, 못한 사람도 없다.

드디어 서울고가 우승을 했다!!!!

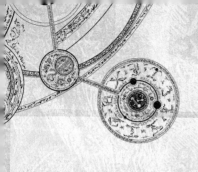

Return of the Meister

NEO MODERN FANTASY STORY

9. 체리나

9. 체리나

Return of the Meister

서울 압구정동.

박민 연예프로덕션 지하 1층.

작년 겨울에 데뷔한 체리나 여자아이돌 그룹이 댄스음악에 맞춰 열심히 댄스 연습을 하고 있었다.

시간은 어느새 밤 9시를 훌쩍 넘기고 있었다.

오늘 낮에 생방송 가요음악에 다녀온 것 외에는 새벽 6시부터 그야말로 하루 종일 맹렬히 연습을 하고 있었다.

짝짝. 짝짝짝. 짝짝.

"하희야, 반박자 빠르게."

체리나의 리더인 이안나가 막내 최하희에게 박자를 지적

하면서 직접 시범을 보여 주었다.

"언니들, 미안해요."

박하희는 진심으로 미안한 표정을 지었다.

올해 나이 16살, 체리나의 다른 멤버들에 비해서 한참 어린 박하희였다.

더구나 연습생 기간도 이제 겨우 6개월 남짓.

아무래도 3, 4년을 연습생으로 보냈던 체리나의 멤버들에 비하면 한참 실력이 딸리기도 했다.

그런 박하희를 발굴해 올해 초 데뷔시킨 이유는 딱 한 가지.

외모였다.

박하희는 비록 아이돌로 데뷔했지만 여배우들을 모아놓고 섞어 놓아도 정말이지 눈에 띌 만큼 아주 예뻤다.

지금은 나이가 있어서 아름답다는 표현보다는 청순하고 예쁘다는 표현이 잘 어울렸다.

하지만 조금 더 자라면 눈부시게 피어날 꽃송이였다.

즉, 박하희는 체리나 그룹의 외모담당인 셈이었다.

"휴, 네 탓이겠니."

이안나는 한숨을 쉬면서도 다시 연습을 시작하려고 했다.

그녀의 나이 19살, SN에서 박민 프로덕션으로 옮기는 모험을 했다.

노래실력과 댄스실력에 비해서 외모가 평범한 이안나는

자신보다 한참 실력이 밑지는 다른 연습생들이 먼저 데뷔하는 것을 몇 년이나 지켜보았다.

결국 연예프로덕션을 옮기는 결단을 내렸다.

SN에서도 이안나가 얼굴 전체 성형하는 것을 극도로 싫어하는 것을 보고 그녀를 놔주었다.

어쨌건 이안나로서는 반드시 이번에 성공해야 한다는 강박감까지 느끼고 있었다.

"언니, 우리를 너무 심하게 몬다."

체리나의 둘째인 올해 18살, 박사민이 이마에 흐르는 땀을 닦으면서 말했다.

"내일 스케줄도 없잖니? 이럴 때 실력을 갈고 닦아야 기회가 왔을 때 뜰 수 있는 거야."

이안나는 동생들을 쳐다보면서 말했다.

"그래도 힘들어. 오늘 겨우 김밥한줄 먹었어."

금서린이 갸날픈 팔을 들어 올려 보이며 말했다.

박민연예프로덕션은 SN에 비해서 넉넉한 곳은 아니었다. 그러다 보니 연습생들의 식사비용 지원이 넉넉하지 못했다.

아무래도 많이 먹는 남자연습생이나 남자아이돌 우선으로 식사비용을 배정했다.

자연스럽게 여자아이돌이나 여자연습생의 경우 항상 배고픔을 겪어야 했다.

대외적으로 다이어트를 해야 한다는 이유도 있었다.

지금 연예계에서는 여자아이돌이든 여배우든 무조건 깡말라야 한다는 인식이 있었다.

누가 더 말랐나를 시합하는 것처럼 다들 억지로라도 살을 빼고 있었기 때문이었다.

하지만 체리나 그룹의 경우 댄스음악이 주를 이루다 보니 운동량 소모가 컸다.

당연히 이제 중3인 최하희는 물론이고 고등학생인 박사민이나 금서린, 오해민이 투덜되는 것은 당연했다.

이안나는 그런 동생들이 안쓰러웠다.

데뷔한지 한 달 밖에 안 되었기 때문에 아직 이들 수중에 들어오는 돈이 없었다.

아니 돈이 앞으로 언제 들어올지도 미지수였다.

한 달 내내 스케줄이라곤 오늘이 세 번째로 있었던 날이니깐 말이었다.

특히 오늘 생방송 가요음악에 나갈 수 있었던 것 만해도 운이 좋았다.

잘나가는 여자그룹이 사정이 생겨서 펑크가 난 것이었다. 그러다보니 준비 없이 정신없이 대타로 체리나 그룹이 방송에 나갔다.

이안나는 그래도 방송이 꽤 잘나왔다고 여겼다.

그동안 동생들을 닦달해서 연습한 효과가 있다고 생각

했다. 그런 만큼 더욱 연습에 매진해야 한다.

기회가 오기 전에 준비가 되어있는 자만이 그 기회를 잡는다고 하지 않았던가.

"조금만 참자. 이번 한번만 더 맞춰보고 그만 쉬자."

이안나가 동생들을 달래면서 음악을 틀려고 했다.

짝짝!

"그만!"

박수소리와 함께 굵직한 매니저의 목소리가 들려왔다.

"오빠!"

"매니저님."

다들 매니저의 등장을 반겼다.

"아직도 연습하고 있었네."

매니저 최동훈은 미소를 지으면서 말했다.

"우리 배고파요. 먹을 것 사주세요."

금서린이 최동훈에게 애교를 피웠다.

"이쁜이, 조금만 참아라. 오늘 스케줄 생겼다."

최동훈이 금서린의 코를 간질이면서 말했다.

"이 저녁에 왠 스케줄잉."

금서린이 살짝 몸을 꼬면서 최동훈에게 코맹맹한 목소리로 말했다.

이안나는 최동훈과 금서린의 관계가 예사롭지 않다고 여겼다.

하지만 이곳은 연예계이다.

보고도 못 본 척, 들어도 못들은 척 해야 했다.

"뭐해? 너희들도 간다."

최동훈은 이안나와 박사민, 오해민을 보면서 말했다.

"저, 저희들도요?"

이안나가 일순 당황했다.

그녀는 벽에 걸린 시계를 흘낏 쳐다보았다.

저녁 9시가 한참 넘어서고 있었다.

보통 어느 정도 연륜이 되는 가수팀 들이라면 밤 스케쥴이 더욱 많은 편이었다.

주로 나이트클럽같은 곳에서 말이었다.

하지만 아이돌의 경우는 그런 스케쥴이 없었다. 특히 신생팀의 경우 초반 이미지관리를 잘해야 한다.

그런 만큼 힘들어도 방송관련 스케쥴도 매우 신중하게 선택해서 넣곤 하기 때문이었다.

"시간 없다. 얼릉 씻고 꽃단장하고 차에 타."

최동훈은 이안나의 반응에 약간 신경질적으로 대답했다.

마치 무언가에 쫓기는 것처럼 말이었다.

"알았어요. 준비하면 되지."

금서린이 이안나를 힐끔 쳐다보고는 대신 최동훈에게 말했다.

아무래도 매니저와의 관계는 신생 아이돌 팀에게 매우

중요했다.

최동훈의 경우 로드매니저가 아니라 수석매니저였기 때문에 더욱 잘 보여야 했다.

"언니."

금서린이 이안나를 툭 쳤다.

이안나는 자신보다 한 살 아래인 금서린이 이런 경우 더욱 어른스럽다고 여겨졌다.

"저는요?"

박하희가 최동훈을 쳐다 보았다.

"넌… 아쉽겠지만 올해는 빠져라."

최동훈이 약간은 음흉한 미소를 띠며 박하희의 전신을 쓰다듬는 듯한 눈길로 보면서 말했다.

"저도 언니들과 스케쥴을 함께 하고 싶은데."

박하희는 자신의 나이가 어려서 언니들만 스케쥴을 뛴다고 생각했다.

"얘, 넌 정신 차리고 잠이나 쳐 자라."

오해민이 박하희에게 다소 거칠게 말했다.

"어린 것이 멋도 모르고."

오해민은 박하희를 마구 면박 주었다.

이안나는 오해민의 심정을 이해했다.

지금 그들이 가는 곳은 박하희가 아직 참가하기에는 너무도 어렸다.

이안나는 자신도 모르게 떨리는 손길로 나갈 준비를 마쳤다.

이번이 두 번째였다.

처음 한번은 데뷔 직전이었다.

매니저의 말로는 어쩔 수 없는 스케줄이라고 했다.

가급적 아이돌에게는 이런 일을 시키지 않는다고 첨언하는 것까지 잊지 않았다.

아무래도 스캔 같은 것이 나면 아이돌의 생명은 끝나기 때문이었다.

사실 이안나가 영화배우를 꿈꾸다가 아이돌로 전향한 것은 그녀의 춤과 노래솜씨 때문만은 아니었다.

혼자 영화배우로 뛰어든다는 것은 상상도 못할 일들을 감당할 자신이 되어있어야 했다.

일단 연예계에 뛰어들게 되면 저절로 알게 되는 일들이었다.

박하희를 뺀 체리나 멤버들은 모두 봉고차에 올라탔다.

최동훈이 운전대를 잡았다.

"너희들 오늘 잘해야 한다."

최동훈은 운전을 하면서 멤버들에게 신신당부를 했다.

"어떻게 해야 하는데?"

최동훈과 가장 사이가 좋은 금서린이 애교스러운 표정을 지으면서 물어봤다.

"뭘 어떻게 해. 저번처럼 춤추고 노래하고 그냥 옆에 좀 앉아 있다가 나와."

최동훈은 아무렇지도 않게 말했다.

"그런 것 싫은데."

금서린이 최동훈의 눈치를 슬쩍 보면서 말했다.

"나도 알지. 우리 서린이를 나도 그런데 몰고 싶지 않지. 그런데 어떻하겠냐. 오늘 니네 방송을 보고 좀 보내달라고 하신다."

최동훈이 백미러로 슬쩍 뒤 좌석에 앉아있는 나머지 멤비들의 얼굴을 쳐다보았다.

그리고는 계속 말했다.

"우리 연예프로덕션이 아직 힘이 필요하잖냐. 너네가 잘 되는게 우리 프로덕션이 잘되는 거고, 우리 프로덕션이 잘 되는게 너네가 잘 되는 거야. 사장님께서 이 일만 잘되면 너희들 보너스 팍팍 주신단다. 오늘 나오신 분들 잘 모시면 앞으로 방송 걱정 안 해도 될 거다."

"……"

최동훈의 말에 체리나 멤버들은 쉽게 말을 잇지 못했다.

그녀들의 뇌리엔 방송 걱정 안 해도 된다는 최동훈의 말이 맴돌았다.

'중요한 사람들이 오긴 오나보다.'

이안나는 고개를 끄덕이면서 그렇게 생각했다.

"안나야, 네가 큰 언니잖아. 얘들 좀 잘 다독여서 오늘 밤 화끈하게 좀 해봐라."

최동훈이 슬쩍 이안나에게 무언의 압력을 주었다.

"아…."

이안나는 최동훈의 말에 자신도 모르게 얼어붙었다.

방금 전 최동훈의 말, '화끈하게'라는 뜻이 무엇을 의미하는지 깨달았기 때문이었다.

이것은 데뷔전 갖았던 술자리의 접대하고는 차원이 다를 수도 있었다.

이안나는 금방이라도 울 것 같은 표정이 되어버렸다.

"……."

최동훈도 더는 말이 없었다.

물론 체리나 멤버들도 말이었다.

가평으로 향하는 봉고차 안은 그야말로 조용하기 그지없었다.

❖

체리나!

체리나!

체리나!

금주 생방송 가요음악의 탑1은 작년겨울에 데뷔한 신생

여자아이돌 그룹 체리나의 더원이 차지했다.

스튜디오를 가득채운 팬들은 체리나를 연발했다.

여자아이돌 치고 드물게 여자팬 들이 유독 많았다.

댄스와 노래실력이 여타 여자아이돌들과는 비교도 안 되게 출중하기 때문이었다.

게다가 유명프로듀서가 프로싱해준 음반은 날개 돋힌 듯이 팔려나가고 있었다.

"어이, 빨리타!"

최동훈은 체리나 멤버들에게 고함을 질렀다.

지하주차장임에도 불구하고 어떻게 알았는지 나타난 팬들에 둘러싸여 차를 타기가 몹시 어려웠다.

로드 매니저 3명이 간신히 달라붙어 이들을 떼어냈다.

"오늘은 오빠가 운전해?"

오해민이 반짝이는 타이즈에 짧은 치마를 걸친 채 무심하게 두 다리를 벌리고 앉았다.

"기집애, 좀 여자답게 굴어라."

최동훈이 그런 오해민을 구박했다.

"뭐 어때, 여기까지 남들 눈치보고 어떻게 살아."

이제 18살인 오해민은 거의 막 사는 여자처럼 거침없이 말했다.

오해민의 뒷좌석에 앉은 이안나는 그저 조용히 있었다.

원래부터 차갑고 도도한 성격의 오해민이 점점 거친

성격으로 변해가는 것이 모두가 리더인 자신의 잘못같이 여겨졌기 때문이었다.

분명 체리나 그룹은 지금 엄청난 성공을 해나가고 있었다.

작년 겨울 내내 타고 다니던 봉고차에서 이제는 잘나가는 연예인들이 타고 다닌다는 차인 스타크래프트로 바뀌어 있었다.

하루 김밥 1-2줄 먹기도 힘든 상황에서 이제는 스테이크를 썰고 있었다.

그런데 기쁘지가 않았다.

유명아이돌이 되면 기쁠줄 알았는데 막상 성공하고 보니 끝없이 펼쳐진 파리지옥만이 존재하고 있었다.

"하희도 없고 오빠가 운전대 잡는 거보니 오늘도 가는 거야?"

얌전하기만 했던 박사민도 거침없이 최동훈에게 질문했다.

작년말 같았으면 어림도 없는 관계였다.

수석매니저인 최동훈은 이들에게 절대적인, 사장 대리인과 같은 존재였다.

묘종의 관계인 금서린 빼고는 대부분 최동훈에게 제대로 말을 붙이기도 어려웠다.

인기.

인기란 게 그런 거였다.

"오늘 좀 보재."

최동훈이 박사민의 말에 눈치를 보면서 말했다.

예전 같으면 어림도 없는 일이긴 했다.

"요즘 좀 그러네."

박사민이 예쁜 얼굴을 찡그렸다.

"어떻게 하겠니? 너희가 좀 떴다고 거절하면 그분들이 화내신다. 이럴 때 좀 참아라. 너희 인기가 탄탄해지면 그때는 알아서 우리가 처리할게."

최동훈이 구구절절하게 변명이라고 늘어 놓는다.

"휴우, 그분들 너무 지저분해."

금서린이 한숨을 쉬면서 말했다.

일찍이 이런 분야에 있어서는 언니인 이안나보다 금서린이 한수 위였다.

연습생 생활만 6년을 했던 금서린이니깐 말이었다.

하지만 그런 금서린 조차 혀를 내두를 정도였다.

"다들 스트레스 푸는 거지. 아무튼 너희들 입조심해라."

최동훈이 체리나 멤버들에게 신신당부를 했다.

"우리가 바보인줄 아나봐."

금서린이 입을 삐죽 내밀면서 말했다.

하지만 이내 차가 정차를 하자 그녀의 얼굴이 매우 어두워지기 시작했다.

금서린 뿐만이 아니었다.

다른 멤버들 역시 마찬가지였다.

"어서들 와요."

높은 하이톤의 여자 목소리가 이들을 마중했다.

가평, 이곳의 별장 여주인이었다.

체리나 멤버들에겐 그냥 신언니라고 불려지는 여인이
었다.

"요즘 한 참 바쁜데 와주어서 고마워."

신여인은 이들을 향해서 싱긋 웃었다.

그녀의 나이 마흔이 넘었다. 그럼에도 불구하고 아직도
44사이즈를 입을 만큼 몸매관리가 너무도 잘돼있었다. 전
신을 강조하는 은빛스팽글이 달린 드레스에 짙은 화장, 그
리고 구불구불한 미스코리아형 머리는 주위의 시선을 사
로 잡을 만 했다.

"곧 오시니깐 어서들 준비해."

신여인은 체니라 멤버들을 의상실로 안내했다.

"이게 오늘 입을 옷이에요?"

이안나가 바비걸의 의상을 보고 화들짝 놀랬다.

"호호호, 재밌잖니."

신여인은 바비걸의 의상을 자신의 몸에 대보고는 깔깔
거렸다.

그러나 이내 그녀는 정색하면서 체리나 멤버들에게 말

했다.

"오늘 확실히 해 줘. 안 그러면 국물도 없을 줄 알아. 너희가 지금 막 떴다고 우쭐거릴 새도 못 느끼게 내가 확실하게 알게 해주지."

신여인의 목소리는 어느새 표독스럽게 변해 있었다.

순간 드레스 실은 공포분위기로 바뀌었다.

체리나 멤버들은 멍하니 입을 벌리고 있었다.

"오늘 아주 중요한 날이야. 너네들 확실하게 내줘. 저번처럼 애간장 태우다 가지 말고."

신여인은 다시 한 번 강조를 하고는 체리나 멤버들 한 사람 한사람에게 시선을 주었다.

움찔.

신여인의 시선을 받은 체리나 멤버들은 굵은 올가미가 자신들을 재는 것처럼 여겼다.

"이럴 수는 없어요."

이안나가 간신히 있는 힘을 짜내서 말했다.

꽈악!

"이럴 수 없다고? 감히 이럴 수 없다고 생각해?"

신여인은 이안나의 손목을 휙 낚아챘다.

그리고는 드레스룸에 미리 준비를 해놓은 테이프를 꺼내들었다.

"이게 뭔지 알아? 너희들 여기서 놀았던 장면 다 녹화

해 놓은 거야. 피차 좀 살자고. 난 이걸 공개해서 너희들을 추락시키고 싶지 않거든."

신여인의 입가엔 싸늘한 미소가 걸렸다.

"……."

"……."

체리나 멤버들은 아무런 말도 하지 못했다.

리더인 이안나 조차 더 이상 대들 힘이 없었다.

"이제 알았겠지? 옷 갈아입고, 오늘 확실하게 너희들을 내줘. 저번처럼 했다가는 죽을 줄 알아."

신여인은 더 이상 할 말이 없다는 듯이 드레스룸을 도도한 표정을 지으면서 나가버렸다.

꽝!

거칠게 닫히는 문소리와 함께 4명의 멤버들은 공포에 질린 표정을 지었다.

대통령배 고교야구에서 우승기를 쥔 서울고는 그날 저녁 다같이 식사를 했다.

진혁이 이들에게 한우를 접대했다.

물론 할머니와 어머니가 운영하는 대박식당에서였다.

식당 분위기는 그야말로 흥겹기 짝이 없었다.

"내 아들, 네 얼굴을 여기서 제대로 보는 것 같다."

어머니 장혜자가 연신 고기를 나르시면서 진혁에게 말

했다.

"죄송합니다."

"죄송하긴, 네가 그동안 고생이 많았지."

장혜자는 미소를 띠면서 말했다.

"제가 대신 서빙 해 드리겠습니다."

"아니다, 아들. 오늘은 네가 손님이니깐 내가 해야지 대신 계산은 확실하게 하고 가라."

"아, 알겠습니다."

진혁이 멋쩍은 표정을 지으면서 말했다.

"참, 요즘 소희가 많이 우울해 한다. 집에 가면 소희랑 이야기 좀 해봐라. 나한테는 도통 말을 안 한다."

장혜자의 얼굴이 일순 어두워졌다.

"그렇겠습니다."

진혁도 내심 걱정이 되었다.

그는 그날 저녁 다같이 2차로 노래방을 가자고 하는 것을 정중하게 거절하고 바로 양재동 집으로 향했다.

어머니 장혜자의 말을 듣고 보니 요 근래 여동생 소희에게는 많이 소홀했다는 것을 깨달았기 때문이었다.

네이비의 출시 때문에 진명과 보내는 시간이 거의 대부분이었다.

"오빠 일찍 왔네."

소희가 그런 진혁을 반겼다.

"너랑 데이트 하려고 왔지."

진혁은 부드러운 미소를 지으면서 말했다.

"칫, 여자 친구도 소홀히 하는 사람이 무슨."

그렇게 말하는 소희였지만 내심 좋아하는 기색이 보였다.

진혁은 처음부터 소희를 다그치지 않았다.

"심야영화 보러 갈까?"

"오빠, 나 아직 초등학생이거든."

"아 그렇지."

"칫, 오빠도 이제 고1이라고. 아직 심야영화보기에는 이르지 않나?"

"네가 엄마보다 더 잔소리가 많네."

"나라도 잔소리해야지. 엄마는 오빠를 너무 믿어."

소희는 깔깔거리면서 말했다.

"요즘 연습은 좀 어때?"

"힘들어. 힝."

소희는 목을 움츠렸다.

춤과 연기는 남들보다 뛰어나다는 평가를 받고 있지만 아직 노래부분은 그렇지 못했다.

조금 잘한다는 정도의 평가였다.

"네 말대로 넌 아직 초등학생이야. 자라면서 성량도 풍부하게 늘거야."

진혁이 그런 여동생의 머리를 쓰다듬었다.

"정말 그럴까?"

소희의 눈이 반짝 거렸다.

정말이지 예쁘고 맑은 눈이었다.

"그럼."

진혁은 확신에 찬 어조로 대답했다.

'안 그러면 내가 그렇게 만들테니깐.'

그는 속으로 그렇게 대답했다.

물론 소희는 들을 수 없을테지만 말이었다.

매일 밤, 연습을 마치고 돌아온 소희가 피곤하지 않도록 그녀의 방에 힐링마법을 시현해두곤 했다.

온몸의 피로를 풀어주는 마법이었다.

그 덕에 소희는 매일 아침 산뜻하게 일어날 수 있었다.

다른이들에 비해서 피로가 너무 잘 풀렸다.

그 이유가 오빠가 시현한 마법 때문이라는 것을 모르는 소희였다.

진혁은 소희의 걱정거리가 일단은 그녀 자신의 문제 때문이 아니라고 판단을 했다.

"친구는 좀 어때? 많이 사겼니?"

진혁이 은근슬쩍 소희에게 떠보았다.

"아…. 나 얼마 전에 학생CF에 나간 거 알아?"

소희가 종알거렸다.

"미안하다."

진혁이 진심으로 미안해했다.

"괜찮아, 어차피 난 그냥 들러리였어."

"그런데 왜?"

"거기서 언니들을 만났어."

"언니들?"

"오빠도 알걸. 체리나 그룹이라고 여자아이돌 가수."

"……."

진혁은 고개를 갸웃했다.

워낙 연예계에 무심한 까닭에 그 이름을 듣지 못했다.

"휴우, 오빠는 내가 데뷔를 해도 내 팀도 모를 것 같다."

소희는 그런 진혁을 면박했다.

"앞으로는 관심 둘게."

"그 말 안 믿어. 어쨌든 체리나 언니들이 메인CF주인공
이었는데 그중에 박하희라는 언니가 있거든."

"박하희?"

"응. 그 언니랑 나랑 엄청 친해졌어."

"아, 그러니깐 너는 내가 친구 사겼냐는 질문에 박하희
란 애랑 사겼다고 설명하는 거였니?"

진혁은 그제서야 자신의 질문에 CF니 아이돌그룹을 늘
어놓은 소희의 말을 이해했다.

아무튼 여자들은, 아무리 어린 여동생이라고 해도 묘
했다.

여자들이 질문에 대답하는 방식은 끝까지 들어봐야 했다.

흔히 남자들이 저지르기 쉬운 실수였다.

남자들의 질문에 엉뚱한 대답을 늘어놓는 여자들을 함부로 면박하기 쉽다.

하지만 그래서는 절대 안 된다.

인내심을 가지고 끝까지 들어보면 그 질문에 대한 대답이 결론으로 나오게 되는 법이었다.

남자들에 비해서 여자들은 사소한 것까지 시시콜콜하게 자신의 이야기를 곁들여서 대답하다보니 내용이 다소 길어지는 것이 사실이었다.

"맞아."

소희가 박수를 치면서 대답했다.

"박하희는 예뻐?"

"아주 예뻐. 체리나에서 외모담당이거든."

"몇 살인데?"

"16살."

소희는 손가락 세 개를 꽂는다.

자신보다 세 살이 많다는 의미였다.

"그렇게 잘나가는 멤버가 너랑 수다 떨 시간은 있니?"

진혁이 의심스럽다는 듯이 말했다.

"그 언니만 시간이 많아."

소희도 갸우뚱하면서 말했다.

"안그래도 요즘 그 언니가 그래서 속상해해."

"그렇겠네. 다른 멤버들은 스케줄이 많은가보지?"

"그게…."

소희는 뭔가 말하려다 말고 멈칫했다.

'뭔가 있다.'

진혁은 소희가 요즘 우울해하는 일이 체리나 그룹과 관련이 있다는 생각이 들었다.

"오빠한테 말해봐. 오빠가 뭐든 네 고민을 다 해결 해주는 거 알지?"

진혁이 부드러운 목소리로 소희를 달랬다.

"그러면 오빠가 하희 언니 고민도 해결할 수 있어?"

소희의 큰 눈망울에 간절함이 담겨있었다.

"하희 고민까지?"

진혁이 일순 망설였다.

동생 소희의 말로 미루어보아 체리나라는 그룹은 현재 대한민국에서 잘나가는 그룹이다.

그런 아이돌 그룹의 여자가수에게 고민이 있다는 것은 보통일이 아닐 수 있다.

어떤 옷을 입을까하고 고민하는 소희 같은 평범한 아이들과는 절대 고민의 질이 다를 게 뻔했다.

"오빠…."

좀전까지 밝고 명랑하게 말하던 소희의 목소리가 달라졌다.

진혁은 지금의 소희 모습이 최근의 소희모습인 것을 깨달았다.

어머니 장혜자가 요즘 걱정하는 소희의 모습이었다.

"하희란 애랑 꽤 친한가보지?"

"소속사는 다른데 건물이 같은 압구정동에 있다 보니깐 자주 보게 돼. 난 그 언니가 우울한 모습이 속상해. 그리고…."

"그리고?"

"오빠가 들어 줄 거면 말하고. 안 그러면 말할 수 없어. 그 언니랑 약속했거든."

소희가 단호하게 고개를 저었다.

'이거 큰일이군.'

진혁은 난처했다.

하지만 소희에게 내용을 꼭 들어야 된다는 생각이 들었다. 소희역시 연예계에 발을 들여놓은 셈이었다. 연습생 신분이라도 말이었다.

혹시나 방치했다가 나중에 더 큰 사달이 날 수도 있었다.

남의 일이라고 끝까지 모른척 할 수가 없었다.

"오빠 들어 줄 거지?"

"그래, 말해봐. 내가 할 수 있는 선에서 최선을 다하마."

진혁은 결국 소희에게 약속을 했다.

그 제서야 소희는 환한 모습으로 되돌아왔다.

"하희언니가 그러는데. 가끔 저녁마다 멤버들이 스케쥴을 나간데. 돌아오는 건 거의 새벽이나 되어서 돌아오고."

"……."

"새벽에 들어오는 언니들의 몰골은 말이 아니래. 여기저기 몸에서 술냄 새도 나고 이상한 찌든 내도 난데."

"……."

진혁은 소희가 말하는 그 스케쥴이라는 게 어떤 건지 짐작할 수가 있었다.

"멤버들이 하희 언니보고 탈퇴할 수 있을 때 탈퇴하라는 말까지 했데."

"흠."

진혁은 팔짱을 끼었다.

같은 멤버에게 탈퇴를 권할 정도면 분명 어린 여자들이 감당하기 힘든 일을 당하고 있음이 분명했다.

"그리고 얼마 전에… 이안나 언니가."

"이안나?"

"체리나 그룹에서 리드보컬을 맡고 있는 리더 언니가 있거든. 노래 하난 끝내주게 잘해. 그 언니가 자살을 시도했데."

"자살시도라…."

"이거 진짜 비밀이야. 하희 언니가 누구에게도 발설하면 안 된다고 신신당부했어. 대외적으로는 아무런 일도 없는 거야."

소희는 침울한 얼굴이 되었다.

진혁은 순간 부아가 났다.

소희는 이제 13살, 초등 6학년생이다.

이렇게 어리고 사랑스러운 그의 동생이 더럽고 추악한 연예계의 일들을 누군가를 통해서 전해 받고 있었다.

이것은 겨우 시작일 수도 있었다.

"사실 안나 언니 자살시도 얘기 듣고 나 충격 받았어."

소희가 그 제서야 실토를 했다.

"그렇겠지."

진혁은 말없이 소희의 머리카락을 부드럽게 쓸어주었다.

어머니 장혜자에게까지 말 못 했던 고민이었다.

어린나이에 잘 아는 누군가의 자살시도 소식은 감당하기 어려울 수가 있었다.

이렇게 이야기를 듣는 것만으로도 가슴이 찢어질 것 같은 분노가 치밀어 오르는데 당사자들은 어떨까 싶었다.

"하희 언니가 무섭데. 흑흑흑."

소희의 눈에서 눈물이 주르륵 흘러내렸다.

진혁은 소희를 꼭 안아주었다.

소희가 말하는 박하희라는 아이에 대해서도 동정이 갔다.

이제 16살의 나이에 힘든 세상의 일을 엿보고 있는 아이였다. 같은 소속사 식구들을 믿지 못한 채 벙어리 냉가슴 앓듯이 앓다가 어린 소희를 붙잡고 신세한탄 하듯이 늘어놓은 것만 봐도 알 수가 있었다.

누군가에게 털어놓고 싶은데 쉽게 털어놓을 수 없는 그런 이야기였다.

물론 직접적으로 자살 시도한 이안나라는 여자는 더하겠지.

"오빠가 해결해 줄 거지?"

"그래."

진혁은 고개를 끄덕였다.

연예계의 뒤편이 어둡다는 것은 이미 귀환 전부터 알고 있었다.

아니 누구나 아는 내용들이었다.

자세한 사항까지 모른다고 해도 사람들의 입에 오르고 내리는 게 연예계 이야기, 사건들이었다.

거대하게 짜여진 연예계의 이런 어두운 일들을 전부 해결하기는 어렵다.

하지만 진혁은 자신에게 얽힌 이 한 가지 사건만은 꼭 해결해야겠다고 마음먹었다.

그 자신의 신조가 무엇인가.

지금 이 순간에 최선을 다하는 것이 아닌가.

동생 소희가 우연하게 연예계에 발을 들여놓게 되고, 그리고 이런 일이 그의 귀에 들려온 것도.

어찌보면 하늘의 뜻 일수도 있었다.

❖

진혁은 아무도 눈치 못 채게 하얀색 스타크래프트 차량을 따라갔다.

물론 투명마법과 플라이 마법을 시현해서 말이었다.

좀 전에 박하희의 전화를 받았다.

사전에 소희와 박하희에게 협조를 구했기 때문이었다.

갑작스럽게 나가는 저녁 스케줄이 생길 때 자신에게 연락을 해달라는 부탁이었다.

체리나 멤버들을 태운 스타크래프트 차량은 가평 어느 별장 앞에서 멈추었다.

매니저 최동훈은 이들을 별장 정문 앞에 내려놓고서는 황급히 떠났다.

신여인이 나와서 이들 멤버를 맞아 주었다.

다들 고개를 푹 숙이고 죄인처럼 신여인을 따라 나섰다.

진혁은 그 광경을 보고 또 한 번 화가 치밀어 올랐다.

하지만 지금 그의 모습을 드러내서 좋을 것이 없었다.

신여인은 멤버들을 드레스룸으로 데려갔다.

그리고는 거의 가슴과 음모를 간신히 가릴 정도의 옷만 입혔다.

'저런.'

진혁은 눈을 어디다 둬야할지 모를 정도로 민망해했다.

아직 20살도 안된 아이들을 저런 차림으로 데려가다니 보고도 믿기지가 않았다.

게다가 체리나 멤버들뿐만 아니라 응접실에는 아직 20살도 안돼 보이는 소녀들이 5명이나 더 있었다.

곧 별장 정문 앞에 검은색 리무진 차량이 줄지어 몰려들었다.

'저자들은.'

진혁은 리무진 차량에서 내리는 사람들을 알아보았다.

어떻게 모를 수가 있겠는가.

IMF총재 캉내쉬와 함께 그 실무팀들이었다.

그들을 보좌하고 있는 자는 외교통상부 차관이었다.

그 외 정부관련 고위관리들이 차에서 내렸다.

그야말로 별 들중 별들이었다.

지금 한국의 실세들이라고 해도 과언들이 아니었다.

진혁은 체리나 그룹이 올해 초 갑자기 뜬것에 대해서 이해가 갔다.

아마도 이들과 무관하지 않으리라.

"어서 오세요. 호호호."

신여인은 두 팔을 벌려 캉내쉬 총재와 다른 사람들을 환영했다.

"이렇게 초대해줘서 고맙습니다."

캉내쉬 총재의 눈은 어느새 붉어져 있었다.

그는 이곳에 두 번째 다녀갔다.

이번이 세 번째 방문이었다.

그때마다 받은 기가 막힌 대우에 매우 흡족해했다. 그래서 한국을 방문할 때마다 앞으로 계속 이곳을 들을 생각을 하고 있었다.

'……'

진혁은 목하 고민이 됐다.

지금 눈앞에 있는 자들은 쉽게 그가 건들릴 수가 없는 존재였다.

하지만 그렇다고 도살장에 끌려가는 소처럼 침울한 표정을 짓고 있는 체리나 멤버들을 그냥 둘 수는 없었다.

'이제 놀아볼까.'

진혁은 이들을 철저하게 방해해야겠다고 결심했다.

'마나는 충분하고.'

진혁은 곧 스톰 마법을 시현했다.

아직 4서클이라 광범위한 지역에 스톰 마법을 시현할 수는 없지만 이 별장 주위정도면 충분히 가능했다.

별장 자체가 사람들이 들어올 수 없는 외진 곳에 있는

까닭에 더욱 마법을 시현하기 좋았다.

쿠르르르쾅 쾅쾅.

검은 구름이 몰려오더니 이내 폭풍이 몰아칠 것처럼 천둥과 번개가 번쩍거렸다.

"아니 왠 날씨가 이러지?"

신여인은 하늘을 갑작스럽게 변한 기후에 놀래서 중얼거렸다.

그녀는 관리인 박씨를 불렀다.

"여기 기사 분들 식당에 잘 모시고, 무슨 일이 생기면 나에게 빨리 연락해요."

"여부가 있겠습니까."

박씨는 고개를 끄덕이다 못해 허리까지 숙이고 있었다.

신여인은 하늘을 한 번 더 쳐다보고는 짜증스런 표정을 지었다.

'이걸로 부족하지.'

진혁은 입가에 미소를 띠었다.

이들을 쉽게 내버려둘 수는 없었다.

우르르릉 콰쾅!

번쩍!

쾅쾅!

번쩍!

쑤아아아아악.

천둥과 번개가 요란하게 치고 심지어 장대같은 비까지 별장에 쏟아졌다.

더구나 천둥소리는 마치 죄인을 심판하는 심판자의 으르렁거림처럼 진동했다.

캉내쉬 총재마저 천둥소리에 깜짝깜짝 놀랬다.

마치 하늘이 자신을 꾸짖는 것만 같았다.

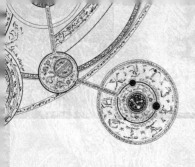

Return
of the Meister

NEO MODERN FANTASY STORY

10. 그가 연예기획사에 물린 까닭은?

10. 그가 연예기획사에 물린 까닭은?

Return
of the Meister

응접실에는 이미 체리나 멤버들이 벌거숭이와 마찬가지 차림으로 서있었다. 그 외 다른 다섯 명의 소녀들도 마찬가지였다.

이들은 캉내쉬 총재의 일행을 맞아 억지 미소를 띠었다.

"자자, 얘들아. 옆에 하나씩 와서 앉고."

신여인은 체리나 멤버들과 다섯 명의 소녀들을 캉내쉬 총재 일행 사이 사이에 앉혔다.

"오늘 기가 막힌 와인이 들어왔답니다."

신여인은 무똥 로쉴드를 손에 들어보였다. 한병에 약 1,500만원하는 와인이었다.

"역시."

외교통상부 차관은 신여인을 향해서 엄지를 치켜세웠다.

이곳으로 캉내쉬 총재 일행을 데려온 것은 탁월한 선택이었다.

덕분에 IMF 실무회담이 순조롭게 진행되고 있었다.

그때였다.

번쩍.

쿠르르릉 콰쾅!

번개가 치더니 이내 무시무시한 천둥소리가 뒤따라왔다.

파악.

순간 정전이 되었다.

전기가 다 나가버린 것이었다.

뭐야!

주변에서 웅성거림이 들렸다.

안그래도 천둥소리가 유독 으르렁거려서 내심 양심이라는게 발동되고 있던 캉내쉬 총재 일행들은 갑작스럽게 찾아온 정전에 평정심을 잃고 있었다.

그때 신여인이 은촛대를 들고 왔다.

희미한 불이 응접실을 밝혔다.

"날씨가 이래서 전기가 나갔나봐요. 손보라고 했으니 걱정 마시고. 이렇게 은은한 불빛아래서 어때요?"

신여인은 그렇게 말하면서 옆에 앉아있는 이안나를 툭툭 쳤다.

이안나는 신여인의 신호에 벌떡 일어났다.

그리고는 뱀춤을 추기 시작했다.

다른 멤버들보다 특히 춤과 노래에 능한 이안나는 온몸이 유연하기로는 여자아이돌중 최고였다.

그녀가 추는 뱀춤은 황홀하기 까지 했다.

희미한 촛불아래서 그녀의 춤사위가 이어졌다.

'이러면 안 되지.'

진혁은 손가락을 튕겼다.

훅.

한줄기 바람이 응접실에 들어오더니 은촛대에 있는 초마저 꺼트렸다.

덕분에 응접실 안은 한치 앞도 보이지 않았다.

"죄송합니다."

외교통상부 차관은 캉내쉬 총재 일행들에게 들으라는 듯이 큰소리로 말했다.

"오늘은 이만…."

"아직 즐거운게 남아있습니다."

외교통상부 차관의 말이 채 끝나기도 전에 신여인이 그를 제지했다.

"얘들아, 뭐하니? 어서 어서 움직여."

신여인은 거의 신경질적일 만큼 앙칼지게 체리나 멤버들과 다섯 명의 소녀들을 채근했다.

소녀들은 어쩔 수 없이 몸을 일으켜서 자신들이 맡은 사
내들의 바지 지퍼에 손을 갖다 대었다.

신여인이 만일의 사태에 대비해서 소녀들에게 지시를
해둔 것이었다.

'후우, 미리 준비를 해놓아서 다행이야.'

신여인은 안도의 한숨 소리를 냈다.

여기저기서 끙끙거리는 소리가 들려왔다.

'자식들 좋으면 좋은 거지. 뭔 신음소리를 저렇게 끙끙
거려.'

신여인은 사내들의 끙끙거리는 소리에 내심 욕설을 퍼
부었다.

팟!

그때 갑자기 전기가 들어왔다.

신여인은 순간 자신의 눈으로 보고도 믿기지가 않았다.

캉내쉬총재가.

그 일행들이…….

모두 청테이프에 입이 막혀있고 온몸은 밧줄로 묶여 있
었다.

"어… 이게…."

신여인은 너무도 당황해서 뒷걸음질 쳤다.

그녀는 황급히 캉내쉬 총재의 입을 막고 있는 청테이프
를 떼어냈다.

"!@#%%%%%%%%"

캉내쉬 총재의 입에서 알아들을 수 없는 욕설이 터져 나왔다.

신여인은 너무도 어이가 없었다.

'죽었다.'

그녀는 온 몸이 무너질 것만 같았다.

이안나와 다른 멤버들, 다섯 명의 소녀들도 마찬가지였다. 분명 조금 전까지 응접실에 있었는데 어느새 드레스룸에 자신들이 있었다.

그리고 그녀들 앞에 한 사내가 서있었다.

"옷 갈아입어라."

진혁이었다.

"고, 고마워요."

이안나가 언니답게 침착하게 대답했다.

"뭐가 고마워? 우리는 이게 끝이 아닌걸 알잖아?"

옆에서 금서린이 차갑게 말했다.

"네 말이 맞다."

진혁이 고개를 끄덕였다.

그리고는 손에 든 것을 내보였다.

비디오 테이프였다.

"아마 이런 게 수 백 개는 넘지?"

"어, 어떻게?"

금서린뿐 아니라 다른 멤버들이 경악하면서 말했다.

"그동안 다 찾아봤다. 딱 하나만 묻자. 네들 계속 이렇게 살래 말래?"

진혁은 체리나 멤버들과 다섯 명의 소녀들의 대답을 기다렸다.

그 결과에 따라서 자신의 행동은 달라지기 때문이었다. 자신들을 구해주길 바라지 않는 자에게 손을 내밀 여유는 없었다.

"얘들아, 우리 힘으로 일어설 수 있다고 생각하지 않아?"

이안나가 동생들을 보면서 말했다.

다들 말이 없었다.

"연습생 때를 생각해봐 3년이든 5년이든 기다렸잖아. 매일 김밥 한 두 줄 먹고도 행복했고. 이들 도움이 없어도 우리는 충분히 잘할 수 있다고 생각해."

이안나는 포기하지 않고 동생들을 설득했다.

"니들은 여기에만 묶여 있던 거니?"

다섯 명의 소녀들 중 한 소녀가 체리나 멤버들에게 다소 신경질적인 말투로 말을 꺼냈다.

순간 체리나 멤버들의 시선은 그 소녀에게 쏠렸다.

장하연이란 소녀였다.

"니들 너무 부럽다. 난 여기 말고도 너무 많아."

장하연은 어린나이라는 게 믿기지 않을 만큼 다부진 표정을 지었다.

"그런데 내 선택이거든. 난 이 길을 가고 싶었고 돈도 없고 빽도 없으니 몸으로 떼운다고 생각했거든. 그런데 니들은 인기그룹이잖아. 게다가 여기만 묶여있다면 뭐가 아쉬운 거야? 저런 슈퍼맨까지 왔는데?"

장하연은 체리나 멤버들을 거의 질책하듯이 말했다.

진혁으로서는 새로운 변수였다.

그는 장하연에게 충격을 받았다.

'이것이 연예계의 실체란 말인가!'

장하연의 말에 드레스룸은 순간 정적에 싸였다.

"언니, 인기그룹 아니어도 좋아. 다시 시작할 수만 있다면 우리 이런 것에 매이지 말고 하자."

가장 말이 없던 오해미가 용기를 내어 말했다.

"나도 찬성. 그러니깐 안나 언니는 다시는 자살시도 따위 하지 마."

금서린이 무표정하게 대답했다.

하지만 그녀의 말에는 이안나에 대한 사랑이 담겨있었다.

모두가 장하연의 말에 용기를 얻은 셈이었다.

진혁은 자신도 모르게 장하연에게 고개를 숙였다.

어디서 한번 얼굴을 본 것도 같다.

아마도 영화포스터였을 것이었다.

'영화배운가.'

진혁은 자신도 모르게 한숨을 쉬었다.

그러나 여기서 마냥 동정할 수는 없었다.

그때 밖에서 리무진 차량들이 떠나는 소리가 들려왔다.

이제는 시간이 없었다.

이들을 숙소로 돌려보내야 한다.

그리고 나서 신여인과 승부를 걸어야 했다.

"결심이 섰으면 다들 따라오십시오."

진혁이 앞서 걸었다.

"오늘은 어차피 끝났으니 저희도 따라갈게요."

장하연이 먼저 대답했다.

❖

진혁은 체리나 멤버들을 숙소까지 데려다 주었다. 그리
고 나서 다시 가평 별장으로 황급히 돌아왔다.

다행히 신여인이 별장에 있었다.

응접실이나 온 집안이 뒤집혀있었다.

신여인은 비디오 테이프가 없어진 것을 깨닫고 뒤지고
있던 참이었다.

그것이 없으면 그녀는 지금 살아남을 수가 없었다.

외교통상부 차관의 화난 얼굴이 아직도 어른거렸다.

"이걸 찾습니까?"

진혁이 비디오 테이프 한 개를 들고 신여인의 앞에 나섰다.

"쥐새끼가 있다고 생각했더니."

신여인이 표독스럽게 말했다.

"아이들은 그냥 내버려두시죠."

"흥."

신여인은 팔짱을 끼었다.

"……."

진혁은 말없이 신여인을 노려보았다.

"내가 그깟 아이돌들 하나 협박하자고 비디오 테이프들을 모았겠니?"

신여인이 말했다.

"그러시겠죠."

진혁도 이미 눈치를 챘다.

신여인은 양 쪽를 다 협박하는 수단으로 비디오 테이프를 가지고 있었다.

물론 아이돌들을 협박하는 수단보다는 정재계의 유명인사들을 협박하기 위한, 만일을 대비하는 용도였다.

"도가 지나치셨습니다."

진혁은 무덤덤하게 말했다.

"원래 세상이란 게 그런 거야. 내가 아니면 또 누군가가 하겠지."

신여인이 말했다.

"그렇다면 전 또 누군가를 징벌하면 되겠죠."

진혁은 지지 않고 응수했다.

"얼마나? 이세상은 변하지 않아."

신여인이 단호하게 말했다.

"그거야 모르죠. 미리 단정하기에는 인간의 수명은 짧습니다."

진혁이 대답했다.

"언제까지 그들을 찾아내서 징벌할 수 있다고 생각해? 어려운 길 가지 말고 그냥 쉽게 가라."

"저도 모르겠습니다. 제가 이런 걸 좋아하는 성격도 아니고 어쩌다 보니 이렇게 관심 갖게 되었습니다."

"그 관심 고마운데 그만 꺼라."

신여인은 소파에 털썩 걸터앉았다.

이미 산전수전 다 겪은 그녀였다.

무엇이 아쉬운 게 있을까.

게다가 비디오 테이프가 없는 한 그녀는 더 이상 한국에 발을 붙이지 못하게 뻔했다.

"제 뒤에 계신 박씨라는 관리인분. 그만 총을 내려놓으시죠."

진혁은 뒤를 돌아보지도 않고 말했다.

멈칫.

진혁의 뒤에서 조용히 다가오던 관리인 박씨는 그만 얼어붙었다.

사실 총을 들고 있는 것도 이번이 처음이었다.

만일을 대비해서 신여인이 시킨 일이었다.

그런 면에서 신여인은 철두철미하게 계획하고 만일의 대비를 잘하는 타입이었다.

그랬기에 이 분야에서 성공해서 대한민국에서 내놓으라는 별들을 상대하고 있는 거니깐 말이었다.

"훗. 너 몇 살이니?"

"제 나인 알아서 무얼 하시겠습니까?"

진혁이 차분하게 대답했다.

"그렇지. 얼추 보면 20대 중반처럼 보이는데 내 눈에는 그렇게 나이가 많아 보이지 않아. 이제 20살 됐을까?"

신여인은 진혁의 나이를 추리하는 여유까지 부렸다.

모든 것을 체념한 눈치였다.

"비디오 테이프는 제가 가지고 가겠습니다. 체리나 멤버들은 이 일에 확실하게 손을 뗄 겁니다."

진혁이 단호하게 말했다.

"그러든지 말든지. 하지만 비디오 테이프는 주고 가야지."

"그건 알아서 하시죠."

진혁이 냉소를 띠었다.

"날 죽이겠다? 아까 정전도 니놈 짓이지? 잘도 준비했네. 어린게."

신여인의 얼굴은 이제 담담한 표정으로 변해 있었다.

"그동안 잘 먹고 잘사셨으면 이 일을 그만둘 때도 되었죠."

진혁은 대답했다.

"원래 이 일이란 게 손을 떼고 싶어도 못 떼는 경우가 많거든. 네가 아끼는 체리나 애들이 얼마나 그렇게 갈지 나도 모르겠다."

신여인은 그렇게 말하면서 미소까지 지었다.

"말장난은 이만 사양하겠습니다. 앞으로 두고 보십시오. 당신이 그렇게 여기는 체리나 멤버들이 어떻게 변할지. 조금은 세상을 믿는 법을 배우는 것도 괜찮지 않겠습니까?"

진혁이 차분하게 대답했다.

"제법 맹랑하네. 또 우리가 만날 수 있을까?"

신여인이 아쉽다는 듯이 말했다.

"제가 이 비디오 테이프를 어떻게 하느냐에 달려있겠죠."

"그렇겠지."

신여인이 눈을 내리깔았다.

진혁은 그런 신여인을 잠시 내려 다 보았다.

신여인은 진혁이 떠난 뒤로도 한참 별장에 남아서 앉아 있었다.

"세상을 믿는 법이라. 미친 짓이지."

그녀는 그렇게 중얼거리면서 잔에 남은 와인을 목구멍에 들이켰다.

❖

진혁은 박정원을 만나서 신여인에게 압수한 비디오 테이프 전부를 건네주었다.

박정원이 다시 그것을 안기부의 담당자에게 전해주었다.

하지만 딱 거기까지였다.

이 일은 세상에 공개되지 않았다.

지금 대한민국은 IMF체제에 있었다.

굳이 비디오테이프를 세상에 공개함으로써 캉내쉬 총재와 실무진의 기분을 거스릴 수는 없었기 때문이었다.

물론 내부적으로는 외교통상부 차관과 그 외 관련자들을 보직해임하거나 해고를 했다.

그리고 박민 연예프로덕션은 느닷없는 세무조사를 받게 되었다.

어느 연예프로덕션 치고 세무조사를 받게 되면 적발될 것이 한 두 가지가 아니었다.

박민 연예프로덕션도 마찬가지였다.

회사 자체가 폐쇄되었다.

덕분에 잘나가던 체리나 그룹은 소속사와 전속계약이 해지되고 다른 소속사를 고를 기회가 생겼다.

그런데 이들은 이안나를 중심으로 자신들만의 프로덕션을 세웠다.

스스로의 힘으로 연예계 생활을 해보기로 도전장을 낸 것이었다.

진혁은 그 소식을 신문기사로 들었다.

그의 입가엔 흐뭇한 미소가 걸렸다.

모진 풍파를 겪은 아이들이었다.

그런 아이들인 만큼 분명 잘해낼 것이라는 확신을 가졌다.

"오빠!"

소희가 퇴근하는 진혁을 반겼다.

진혁은 소희가 왜 그런지 알고 있었다.

하지만 짐짓 모른척 했다.

이번 일에 관해서는 체리나 멤버들과 진혁만의 비밀로 이야기가 되어있었다.

"언니들이랑 하희랑 새로운 기획사를 차린데."

소희는 신이 나서 종알거렸다.

"잘됐네."

진혁은 무심하게 대답했다.

"이제 진짜 오빠가 도와줄 차례야. 하느님이 체리나 언니들을 도와서 소속사에서 풀려났으니깐 말이야."

"내가 뭘?"

진혁이 내심 불안한 표정을 지으면서 물었다.

"오빠는 사업가잖아. 그러니깐 체리나 언니들이 차리는 기획사를 도와줘야지!"

소희는 당연하다는 듯이 말했다.

"뭐어?"

진혁은 순간 당황했다.

"왜? 오빠가 도와준다고 했잖아."

"그, 그랬지."

"그러니깐 도와줘."

소희는 해맑은 표정을 지었다.

"그러네."

진혁은 어째 일이 이렇게 흘러가게 되었을까 고개를 갸우뚱했다.

어쩌면 처음부터 이일에 발을 들여놓았을 때 이미 깨달았을지도 모르겠다.

중앙투자개발회사는 이제 그 사업부분에 연예기획사까

지 확장시켜야 했다.

진혁의 여동생 소희 덕에 말이었다.

〈5권에서 계속〉

변호인
강태훈

박민규 현대판타지 장편소설

부패한 세상이여, 진실앞에 눈을떠라!

쓰레기로 살았던 실패한 인생을 경험한 강태훈!
자살을 기도했던 그가 다시 눈을 뜨니
중학생으로 돌아가 다시금 살게 되었다!

새로운 인생의 시작에서 정의로운 변호사가
되기로 결심한 강태훈으로 인해 가족들의
인생도 전환점을 맞이하게 되고!

"모두가 '범죄자'라고 할지라도 다른 누군가가
이길 수 없다고 할지라도 오로지 의뢰인만을 위해
헌신하는 그런 변호사가 되고 싶습니다.
그게 제가 변호사를 지향하는 이유입니다."

NEO MODERN FANTASY STORY & ADVENTURE